R & L

Andrea Schacht

Die himmlische Weihnachtskatze

Rütten & Loening
Berlin

ISBN 3-352-00704-7

1. Auflage 2003

Einbandgestaltung PEIX, Andreas Petzold
Druck und Binden GGP Media, Pößneck
Printed in Germany

www.ruetten-und-loening.de

1. Kapitel
Ein Stern landet auf Erden

Eisig war der Dezemberabend, denn ein bitterkalter Wind hatte die Wolken fortgescheucht. Der Mond war in seiner dunkelsten Phase angekommen, und der Himmel hing voller glitzernder Sterne. Finster war es in den Gärten und zwischen den Häusern, überall in den Hecken waren die Vögel in ihren Nestern eng zusammengerückt. Sie hatten zum Schutz gegen die Kälte ihre Federn aufgeplustert wie dicke Wattebällchen und schliefen. Nur zwei Rotkehlchen flüsterten sich leise Warnungen zu, denn Rambert, der schwarze Kater, strich mit hungrigem Blick durch sein Revier. Vielleicht hätte man ihn bemitleiden können, denn er hatte, anders als die meisten Katzen in der Gegend, kein warmes Heim, in dem er nach einem Spaziergang durch die frostige Natur seine Pfoten hätte wärmen können. Er hatte auch keinen festen Futterplatz, wo ihn gefällige Dosenöffner mit Nahrung versorgten. Schon gar nicht konnte er einen weichgepolsterten Korb sein eigen nennen, in dem er sich ohne Angst und vertrauensvoll hätte ausstrecken können, um zärtlich kraulenden Fingern seinen mageren Bauch zum Streicheln darzubieten. Darum lebte er in beständiger Anspannung und war sprungbereit, jede Beute mit einem scharfen Schlag seiner Krallen zu fangen.

Diese hochgespannt Aufmerksamkeit brachte es auch mit sich, daß Rambert der erste war, der das seltsame Phänomen am Himmel beobachtete. Aus dem vielfältigen Gefunkel der Sterne löste sich einer heraus und begann, zuerst langsam, beinahe träge, sich in Richtung Erde zu bewegen. Doch je näher dieser winzige Lichtpunkt kam, desto schneller wurde er, und daher entwickelte er auch einen wunderschönen, beachtlich glitzernden Schweif. Nicht daß Rambert einen Blick für die Schönheit der Erscheinung gehabt hätte. Nein, der Kater, durch häufige Angriffe gewarnt, duckte sich vorsichtshalber unter einen Kirschlorbeer und verschmolz – bis auf seine gefährlich schimmernden Augen – mit den Schatten. Diese Augen aber verfolgten mit steigendem Mißtrauen das Geschehen.

Vom Himmel hoch tat es kurz darauf einen deutlichen Plumps, und ein wenig verdattert von dem Aufprall auf dem frostig harten Boden, landete eine Katze auf ihren vier Pfoten. So, wie es Katzen immer tun, egal, aus welcher Höhe sie fallen. Diese Katze allerdings wirbelte etwas Staub bei ihrer Landung auf. Seltsamen, glitzernden Staub, wie Rambert bemerkte. Eine ganze Wolke von Staub stob auf, als der Ankömmling sich schüttelte, und verglühte dann auf dem kalten Boden. Nur einige Haarspitzen des Schwanzes funkelten noch einmal auf, dann hatte die Fremde sie auch schon mit ein paar energischen Zungenbürstern herausgeputzt und sah nun wie eine gewöhnliche Hauskatze aus. Nun ja, nicht ganz gewöhnlich, wie Rambert zugeben mußte. Sie war schon ein besonderer Anblick. Ihr Fell war von der braunen Nase bis zur elegant gebogenen Schwanzspitze rotgolden gestreift. Die Ohren waren klein und spitz und – anders als bei Rambert – von keinen Kampfspuren zerfetzt. Die Pfoten waren rund und erstaunlich groß für den

Rest des zierlichen Tierchens. Die Augen aber, die sich suchend umsahen, leuchteten von tiefem, sattem Gold. Nach dem Putzen jedoch hatte die Katze vergessen, die Zunge zurückzuziehen, und so hing ein rosiges Zipfelchen noch aus ihrem Maul. Was sie aber insbesondere von allen anderen Katzen unterschied, war die Tatsache, daß sich die roten und goldenen Fellstreifen auf ihrer Stirn nicht zu dem üblichen großen M (das nicht, wie allgemein angenommen, für Miezekatze steht, sondern für Mutter Maria, die es eigenhändig den Katzen dorthin gezeichnet hat) ordneten, sondern das Muster eines sechszackigen Sterns bildeten.

Mochte diese vom Himmel gefallene Katze zweifellos eine Schönheit sein, so war sie doch auch ein Eindringling in Ramberts eifersüchtig bewachtes Revier und eine Konkurrentin um die mageren Nahrungsquellen, die er sich erobert hatte. Eine zweite Katze, die hier die wenigen noch nicht tiefschlafenden Mäuse aufstöberte, die ihm die dürftigen Reste aus den Müllbeuteln und die gelegentlichen Orgien aus den Hundefutterschüsseln streitig machte, bedeutete noch mehr Herumgelaufe für ihn und noch mehr Grenzstreitigkeiten mit den anderen Katern, kurzum, sie bedeutete noch mehr Hunger. Also mußte das Geschöpf weg. Und zwar schnell.

Die Himmelskatze allerdings wußte nicht, in welcher unmittelbaren Gefahr sie sich befand. Sie hatte einen langen Weg hinter sich und mußte sich in ihrer neuen Umgebung erst einmal orientieren. Der erste Rundblick bestätigte ihr, daß ihr anvisierter Landeplatz zufriedenstellend dicht von Menschen bewohnt war. Es gab einzelne Häuser, die von Gärten umgeben waren, und eine schmale Straße, an deren

Rand die gräßlichen, stinkenden Blechkisten friedlich ruhten. Der Garten, in dem sie angekommen war, sah gepflegt aus, und in ihm stand ein Tannenbaum, der mit winzigen Lichtern geschmückt war. Vor den bodentiefen Fenstern zur Terrasse hin waren zwar die Rolläden heruntergelassen, aber durch die Ritzen drang warmes Lampenlicht. Aus dem Fenster der Souterrainwohnung hingegen flimmerte das bläuliche Licht eines Fernsehers, und wirre Kampfgeräusche drangen gedämpft durch die Scheibe. Die anderen Geräusche waren zum Glück beruhigender. Straßenlärm war nur aus der Ferne zu hören, nah klangen dagegen die Töne eines Klavierspiels aus dem Haus. Gut, es war nicht ganz so unendlich harmonisch wie der Sphärenklang, den die Katze in den vergangenen hundertneunundsechzig Jahren gewöhnt war, aber jemand gab sich viel Mühe.

Als nächstes prüfte die Katze die Gerüche und fand sie erträglich. Der Rauch eines Kaminfeuers wehte vom Schornstein herunter, was auf einen gewissen Sinn für Gemütlichkeit schließen ließ, und ein Hauch von Essensduft, genauer von gebratenem Huhn, lag auch in der Luft. Dann aber nahm die Himmelskatze die Warnung wahr. Von der Hausecke strahlte sie ab. Die Reviermarkierung eines äußerst penibel auf sein Eigentum bedachten Katers war dort hinterlassen worden. Und in diesem Augenblick fühlte sie auch schon unter ihren sensiblen Pfoten das Herannahen eines Feindes. Ihre Barthaare sträubten sich, und die Rückenhaare stellten sich auf.

Die Katze war gewarnt, und darum sprang Rambert bei seinem ersten Angriff ins Leere. Die Rotgoldene brummte einen tiefen Ton, und warnende Blitze schossen aus ihren

Augen. Rambert fauchte eine Beleidigung und setzte zum nächsten Hieb an. Er mochte zwar mager sein, aber er war groß und zäh und gestählt aus Hunderten von Kämpfen. Außerdem war er schnell und trickreich. Beinahe hätte der Schlag mit der Pfote eine deutliche Schramme über das braune Näschen seiner Kontrahentin gezogen. Aber irgendwie war es der vermaledeiten Katze gelungen, ihm wieder auszuweichen. Sie war hinter den beleuchteten Weihnachtsbaum geschlüpft und brummte ihm noch immer entgegen, daß er es aufgeben sollte. Sie habe keine Ambitionen, ihm das Revier streitig zu machen. Aber so etwas zu glauben lag außerhalb von Ramberts Vorstellungsvermögen. Er schlich sich von hinten an den zuckenden Schwanz an, der unter dem Bäumchen hervorlugte. Ein Sprung, und die Beleuchtung flackerte empört auf, während er versuchte, sich aus den Kabeln zu befreien. Den Schwanz und den daran hängenden Eindringling hatte er wieder verfehlt. Er vermeinte zu allem Überfluß, ein leise gurrendes Lachen zu hören, das seine Wut geradezu ins Unermeßliche anstachelte und ihn alle Vorsicht vergessen ließ. Laut kreischend verwandelte er sich in einen Dreschflegel aus Krallen, Pfoten und Zähnen und wirbelte auf die Rotgoldene zu. Sie machte ihr Mäulchen auf und gab einen derart ohrenzerfetzenden Laut von sich, daß er sich vor Schreck beinahe selbst in den Schwanz gebissen hätte. Einen Moment später war sie den Pfosten des Carports hochgeklettert und schmähte ihn vom Dach aus auf die ungehörigste Weise. Rambert kreischte zurück und bemerkte nicht, daß die Menschen, gestört von derartigen Mißtönen, das Fenster der unteren Wohnung geöffnet hatten. Erst als sich eine schrille Stimme in die kätzische

Auseinandersetzung mischte und reichhaltige Flüche über die verdammten Mistviecher losließ, wandte er kurzfristig seine Aufmerksamkeit von der Katze auf dem Dach ab. Doch nicht rasch genug, denn der spitze Stein, mit dem nach ihm geworfen wurde, traf ihn äußerst schmerzhaft am Kopf. Leicht benommen taumelte der Kater um die Hausecke und ließ sich erst einmal nieder.

Das Fenster wurde zugeschlagen; es herrschte Stille.

In Ramberts Kopf aber brummte es, und er sah Sternchen. Darum nahm er die leisen, leichten Schritte nicht wahr, die sich ihm näherten. Erst als eine rauhe Zunge sanft über die blutige Stelle fuhr, zuckte er zusammen und wollte sich erneut zum Kampf aufraffen. Aber dann ließ er es einfach geschehen, daß dieses fremde Tier seinen Kopf und seinen Nacken leckte. Es war irgendwie so tröstlich, und seit er vor drei Jahren aus der Obhut seiner Mutter gerissen worden war, hatte niemand mehr außer ihm selbst sein Fell geputzt.

Man hätte sogar behaupten können, daß, wenn man ganz genau hinhörte hätte, sich in Ramberts Kehle ein ganz, ganz leises Schnurren bildete.

2. Kapitel
Bettina findet ein Sternchen

Bettina begann noch einmal von vorne. Irgendwann mußte es ihr doch gelingen, über diese eine Stelle ohne Fehler hinwegzukommen, an der sie immer wieder patzte. Dem »Vom Himmel hoch« galt ihr Ehrgeiz, doch nicht nur einfach geklimpert, sondern mit allen zehn Fingern gespielt. Sie saß auf dem Klavierhocker, die Zungenspitze lugte ihr aus dem rechten Mundwinkel, und der Rücken war gestrafft. Ah, diesmal war es besser. Nur eine kleine Holperigkeit bei »davon ich singen und sagen will«. Noch einmal. Die Zunge im linken Mundwinkel förderte die Konzentration noch stärker, und diesmal gelang ihr die Passage beinahe ganz ohne Patzer. Das mußte gefeiert werden. Noch mal. Ohne Zungenspitze. Und dann kam es. Bei »der guten Mär bring ich so viel« setzte das Katzengeschrei ein.

»Ach herrje!« seufzte Bettina und ließ die Hände auf den Tasten ruhen. Sie mochte Katzen sehr, sogar diesen wilden Streuner, den sie für sich Rambert nannte und der keinen Menschen an sich heranließ. Es tat ihr ungeheuer leid, daß sie keine Möglichkeit hatte, irgend etwas für ihn zu tun. Resigniert lauschte das Mädchen dem üblichen Ablauf, der sich nun entwickelte. Unten ging das Fenster auf, Frau Schindler schimpfte lauthals, und wahrscheinlich warf ihr Sohn Bertram auch wieder mit Steinen nach dem Kater.

Das Fenster wurde mit einem Knall geschlossen, und es

kehrte wieder Stille im Garten ein. Völlige Stille, denn Bettina hatte einfach keine Lust mehr, Weihnachtslieder zu spielen.

»Warum hast du aufgehört zu üben, Bettina? Das hat sich doch schon ganz hübsch angehört?«

Ihr Vater war aus dem Nebenzimmer gekommen und sah seine zierliche Tochter fragend an. Sie strich sich den dunklen Pony aus der Stirn und zuckte mit den Schultern. Diese Geste erinnerte Marius Hemberger so sehr an Bettinas Mutter, daß er schlucken mußte. Aber er bemühte sich, seine Gefühle zu verbergen, und sagte mit einem Lächeln noch einmal: »Na, was ist denn?«

»Ach, ist doch egal, Papa.«

»Wenn es egal ist, kannst du auch weiterüben.«

Bettina war ein folgsames Mädchen, meist still und in sich gekehrt, aber unter der ruhigen Oberfläche konnte es brodeln, wie ihr Vater genau wußte. Deshalb war er nicht überrascht, daß sie plötzlich aufschnaufte und herausplatzte: »Da draußen läuft Rambert herum, und die Schindler hat ihn wieder angeblökt!«

»Es heißt ›Frau Schindler‹, und sie blökt nicht.«

»Tut sie wohl, und Bertram wirft mit Steinen auf die Katze. Ich hab's schon oft gesehen.«

»Die Katze ist ein Streuner, der nur Löcher in die Beete gräbt und an die Hausecken macht.«

»Der Katze ist kalt, und sie hat Hunger.«

»Unsinn. Katzen haben ein dickes Fell, sie sind es gewöhnt, draußen zu leben und sich Mäuse zu fangen.«

»Du magst Katzen genausowenig wie die *Frau* Schindler«, antwortete Bettina betont und schob die Notenblätter zusammen.

»Ich mag Katzen sehr wohl, Bettina, aber nicht in der Wohnung. Da muß ich unserer Haushälterin völlig recht geben. Sie haaren, bringen Unrat mit herein und zerkratzen die Möbel.«

»Andere haben aber Katzen im Haus. Denen macht das nicht so viel aus. Nina zum Beispiel und Alfi. Die haben sogar drei Katzen.«

»Mag schon sein, aber Tiere im Haus sind ganz einfach unhygienisch. Du weißt, daß ich mir mit der Praxis Katzen hier nicht leisten kann.«

Bettina seufzte noch einmal: »Ich könnt ihm wenigstens Futter rausstellen ...«

»Nein, wenn du das tust, ist die Katze über kurz oder lang in den Zimmern. Ich verbiete dir das! Und nun komm! Ich habe den Kamin angemacht, und wenn du magst, lese ich dir eine Geschichte vor.«

Marius Hemberger war Zahnarzt und lebte seit fünf Jahren allein mit seiner Tochter in dem großen Haus. Bettinas Mutter war nach einer ungefährlichen Operation gestorben, die im Grunde ohne Komplikationen zur Heilung hätte führen sollen; es war, wie Marius wußte, ein Fehler der Ärzte gewesen, die nicht auf ausreichende Hygiene geachtet hatten. Er hatte seine Frau sehr geliebt, und Bettina liebte er ebenfalls von ganzem Herzen. Manchmal jedoch machten ihn die Trauer und die Sorge blind für die Wünsche eines neunjährigen Mädchens.

Bettina gesellte sich zu ihm und kuschelte sich in einen Sessel vor dem Kamin. Ihr Vater hatte schon das Buch herausgeholt und die Seite aufgeschlagen, an der sie am vergangenen Abend aufgehört hatten.

»Na, kannst du dich noch erinnern, was Ali Baba in der Räuberhöhle geschah?«

»Natürlich.«

Besonders begeistert klang das nicht, und so verzichtete Marius darauf, Bettina das Vorgelesene wiederholen zu lassen, wie er es ansonsten tat. Er las einfach weiter aus den Märchen von Tausendundeiner Nacht, die eigentlich jedes Kind faszinieren sollten. Aber Bettina starrte nur geistesabwesend in die Flammen und schien überhaupt nicht bei der Sache zu sein. Als ihr Vater eine Pause machte, sah sie auf und fragte höflich: »Darf ich bitte ins Bett gehen? Ich bin müde.«

»Aber natürlich, Schätzchen. Wir lesen morgen weiter.«

Doch im Grunde war Bettina nicht richtig müde. Eigentlich war ihr, während sie ins Feuer starrte, eine Idee gekommen, die sie nun heimlich umsetzen wollte.

Die Küche war Frau Schindlers Bereich, und ihr Vater würde sie wohl so spät am Abend nicht mehr betreten. Die Haushälterin gewiß auch nicht, denn sie saß unten vor dem Fernseher. Darum konnte Bettina ihren Raubzug leise und erfolgreich durchführen. Ein Hühnerbein und eine angeschlagene Untertasse waren ihre Beute. Mit fettigen Fingern zupfte sie das Fleisch vom Knochen und häufte es auf den Teller. Als das erledigt war, schlich Bettina auf Zehenspitzen von der Küche in ihr Zimmer, zog so leise wie möglich den Rolladen hoch und öffnete die Fenstertür, die zum Garten führte. Dann schob sie den Teller mit den Fleischstückchen hinaus und schloß das Fenster wieder, denn die Luft, die in den warm geheizten Raum drang, war empfindlich kalt. Aber den Rolladen ließ sie nicht hinunter, und das Licht knipste sie auch nicht an. Sie wollte schließlich sehen, ob Rambert ihre Gabe auch würdigte.

Doch es war nicht Rambert, der nach kurzer Zeit auf der Terrasse erschien, sondern eine hellere, viel kleinere Katze mit dicken Pfoten, die sich ganz vorsichtig, alle Barthaare aufmerksam gesträubt, näher schlich. Verblüfft beobachtete Bettina das hübsche Tier, das, soweit sie es in der Dunkelheit erkennen konnte, hellbraun getigert war. Diese Katze hatte sie bisher noch nie gesehen, dabei kannte sie alle Haustiere in der Gegend.

Mißtrauisch schnüffelte die Katze an dem Tellerrand, und es sah aus, als zöge sie dabei die Nase kraus. Sie schien mit dem Ergebnis zufrieden und nahm zierlich ein Häppchen. Es mundete ihr ganz augenscheinlich. Die Hälfte des Fleisches verschwand in unglaublicher Geschwindigkeit. Dann aber hielt sie inne. Sie lauschte, die kleinen Ohren drehten sich beinahe ganz nach hinten, dann wieder nach vorne. Schließlich schnappte sie sich ein Stück von dem Hühnchen, hielt es zwischen den Zähnen fest und trug es in die Dunkelheit hinaus. Kurz darauf erschien sie wieder, nahm noch ein Stückchen und verschwand. Dieser Vorgang wiederholte sich so lange, bis nur noch ein paar karge Reste auf dem Teller waren. Über diese Reste machte die Katze sich wieder selbst her, bis der Teller vor Sauberkeit glänzte. Anschließend tat sie das, was alle normalen Katzen nach einem köstlichen Mahl tun – sie putzte sich sorgfältig Pfoten und Gesicht.

Bettina, die bisher regungslos am Fenster gekauert hatte, stellte fest, daß ihr der rechte Fuß eingeschlafen war, und bewegte sich. Dabei kam sie ganz leicht an die Scheibe, und die

Katze hielt erschrocken in ihrem emsigen Putzen inne. Ihre rosige Zunge hing ihr noch halb aus dem Mäulchen, als sie das Mädchen hinter dem Fenster mit großen aufmerksamen Augen betrachtet.

Bettina vergaß ihren kribbelnden Fuß und kniete ganz langsam nieder. Sie wußte genau, daß man sich fremden Katzen nur sehr langsam nähern darf. Die Kleine blieb sitzen, aber alles an ihr schien auf Alarm eingestellt zu sein. Die Ohren legten sich flach an den Kopf an, die Schnurrhaare zeigten stracks nach hinten, und die Augen beobachteten sie unverwandt. Der Schwanz aber peitschte unruhig hin und her. Bettina verhielt sich ruhig, erst als sie sah, daß die Ohren der Katze sich ein wenig entspannten, wagte sie es, die Hand zum Fenstergriff zu erheben. Noch immer blieb die Katze sitzen. Als jedoch der Riegel leise klickte, machte sie fast in Zeitlupe drei vorsichtige Schritte zurück. Wieder verharrte Bettina in ihrer Haltung und wartete, bis die Katze sich, nun etwas weiter entfernt, niedersetzte. Das Mädchen wagte es, die Tür einen Spalt weit zu öffnen. Unendlich vorsichtig streckte sie ihre Hand hinaus.

Die Katze war neugierig. Außerdem dufteten die Finger nach demselben köstlichen Hühnerfleisch, das sie soeben verspeist hatte. Mit ein paar Trippelschrittchen näherte sie sich den Fingern und schnupperte daran. Eine Bedrohung schien nicht davon auszugehen, diese kleine Menschenfrau war offensichtlich nicht gefährlich. Sie war sogar diejenige, die das Futter gespendet hatte, und so entschloß sich die Katze, ihr ihren Dank abzustatten, indem sie ihr Mäulchen an den Fingerspitzen rieb.

»Hallo, Kleine!« gurrte die Menschin. »Wer bist du denn?

Dich kenne ich noch gar nicht. Ich bin Bettina. Und ich mag Katzen so gerne!«

Es sind nun von hochintelligenten Wissenschaftlern unzählige Abhandlungen geschrieben worden, die sich auf eingehende Untersuchungen und Forschungen berufen. Sie alle befassen sich damit, wieweit Tiere verstehen, was Menschen ihnen mitteilen. Keiner der hochachtbaren Forscher jedoch wagt es zu behaupten, daß sie die menschliche Sprache deuten können. Das Verhalten sei es, die Mimik und Gestik, der Tonfall, ja, darauf reagieren Tiere. Aber wer immer sich – unwissenschaftlich, aber mit großer Zuneigung – insbesondere mit Katzen beschäftigt, weiß ganz einfach, daß diese Tiere, wenn sie wollen, den Sinn eines jeden Wortes verstehen.

Selbstverständlich verstand auch diese Katze, was Bettina ihr sagte, und antwortete mit einem leisen Gurren.

»Oh, und du bist so hübsch. Und dein Fell ist so seidig.«

Bettina erlaubte sich, ihr über das Köpfchen zu streichen und die Katze sanft zwischen den Ohren zu kraulen. Dabei fiel ihr die ungewöhnliche Zeichnung auf der Stirn auf, und mit einem Ausruf des Entzückens meinte sie: »Selbst wenn du schon jemandem gehörst und einen eigenen Namen hast – ich werde dich jedenfalls Sternchen nennen.«

Rums! Sternchens Kopf schlug an Bettinas Arm, und ein Schnurren, das die ganze Katze in Vibration versetzte, drang aus ihrer Kehle.

»Ach, ich hab's wohl richtig getroffen, was, Sternchen?«

Sternchens Reaktion bekundete Zustimmung.

»Ich würde dich ja so furchtbar gerne hereinbitten, aber

mein Papa und die Schindler würden ein Mordstheater machen.«

Die Titulierung »Frau« glaubte Bettina der Katze gegenüber ruhig weglassen zu dürfen. Sie war allerdings noch nicht so vertraut mit ihr, daß sie ihre Gedanken aussprach, in denen die Haushälterin nur allzuoft mit »die blöde Schindler« bezeichnet wurde. Sie wollte ja keine Vorurteile wecken. Sie streichelte Sternchen noch einmal über das ganze Fell und fragte dann, als sie sich an die schrecklichen Schreie erinnerte: »Sag mal, bist du Rambert begegnet? Einem schwarzen Kater?«

»Brrip«, sagte Sternchen und drehte sich um. Nach ein paar Schritten blieb sie stehen und sah über die Schulter, ob Bettina ihr auch folgte. Bibbernd und nur in Hausschuhen stapfte Bettina hinter ihr her bis zur Hausecke. Da lag Rambert, dessen Kopf zwar noch immer brummelte, dessen Magen jedoch das Knurren aufgegeben hatte und wohlig mit Hühnerfleisch gefüllt war. Sternchen ließ er näher kommen, doch als er des Menschenmädchens ansichtig wurde, gab er ein warnendes Fauchen von sich.

»Aber, Rambert, nun hab dich doch nicht so. Bist du krank? Oder verletzt?«

In ihrem Eifer ließ Bettina all ihre übliche Vorsicht und Achtung fahren und streckte die Hand nach dem Kater aus, was der jedoch als Angriff wertete und zuschlug.

»Au!« schrie Bettina auf, und Sternchen knallte Rambert eine ihrer dicken Pfoten auf die Nase.

Bettina betrachtete ihre Hand. Vier lange, blutige Kratzer zeichneten sich darauf ab. Oh, das würde Ärger geben! Aber immerhin zeigte ihr die Reaktion des Katers, daß er weder todkrank noch wesentlich verletzt war. Das Mädchen zog sich zurück. Sternchen folgte Bettina nicht, sie hatte sich in die Nähe von Rambert niedergelassen und musterte ihn träge.

3. Kapitel
Wunschdenken

So sehr schlimm waren die Kratzer nicht, nur die Haut war abgeschürft, und es hatte sich am Morgen schon Schorf darauf gebildet. Aber Bettina hatte keine Lust, der Haushälterin, die ihr vor der Schule das Frühstück richtete, lange Erklärungen abzugeben. Sie suchte daher in ihrem Schrank nach der Bluse mit den langen Rüschenärmeln, die sie eigentlich überhaupt nicht mochte. Die Schindler war der Ansicht, daß Mädchen Rüschen tragen sollten. Am besten auch weite Röcke mit Volants. Darum kaufte sie manchmal solche Sachen für Bettina. Das Mädchen hatte sich darüber aber einmal bei ihrem Vater beschwert, und der hatte ihr sogar zugestimmt. Bettina durfte Jeans und Pullover tragen; nur zu feierlichen Anlässen bestand er auf feinen Kleidern. Die Schindler hatte gemault, aber er hatte ihr nur vorgeschlagen, wenn sie denn Lust dazu hätte, Kinder zu kostümieren, dann sollte sie doch mal versuchen, ihren Sohn in einen Matrosenanzug zu stecken.

Wer Bertram kannte, konnte sich bei der Vorstellung, ihn in adrettem Kadettenblau zu sehen, nur mit Mühe davon zurückhalten, sich johlend vor Lachen auf dem Boden zu wälzen. Der Junge war dreizehn, groß für sein Alter, und dank der gehaltvollen Küche, die seine Mutter pflegte, auch recht kräftig. Da er den sportlichen Bewegungsdrang seiner Freunde nicht im gleichen Maße teilte, konnte man ihn sogar als etwas dicklich bezeichnen. Aber ganz fair war es von Bettinas Freundin Yvonne nicht, ihn mit »Schwabbelbauch« zu titulieren. Da er ihr drei Klassen voraus war, ging Bertram inzwischen auf eine andere Schule als Bettina. Vor vier Jahren, als seine Mutter den Posten als Haushälterin bei Dr. Hemberger angenommen hatte, war Bettina eingeschult worden, und er hatte die Aufgabe gehabt, auf das kleine Mädchen auf dem Schulweg aufzupassen. Das mochte zwar unter seiner Würde gelegen haben, aber zwei Jahre lang hatte er Bettina pflichtgetreu begleitet. Manchmal war das sogar ganz unterhaltsam für beide gewesen, und hin und wieder ließ er sich sogar jetzt noch herab, ein paar Worte mit ihr zu wechseln. Aber im Grunde war sie eben doch nur ein ziemlich zimperliches Mädchen.

Sie trafen sich am Morgen in der Küche, wo Frau Schindler den beiden heißen Kakao und Brötchen auf den Tisch stellte. Mit etwas Geschick gelang es Bettina, ihre zerkratzte Hand vor ihr zu verbergen, aber Bertram fiel sie auf. Als sie mit dem Frühstück fertig waren und sie sich auf den Weg zur Bushaltestelle machten, grinste er Bettina an.

»Das hast du nun davon, wenn du dich mit diesen hinterhältigen Viechern abgibst!«

»Was meinst du damit?« fragte Bettina und versuchte unschuldig auszusehen.

»Vor mir kannst du die Kratzer nicht verstecken. Du hast diesen verdammten schwarzen Teufel mit einem Hühnerbeinchen gefüttert. Und mit mir hat Mutter geschimpft, weil sie meinte, ich hätte den Kühlschrank geplündert!«

»Na und? Mir tut er leid.«

»Und ich?«

»Du? Sollst du mir leid tun, weil deine Mutter dich zu Unrecht ausgeschimpft hat? Ich hab' nicht gedacht, daß du so ein Mimöschen bist.«

»Pah!« Bertram zuckte mit den Schultern, doch dann kam ihm eine blendende Idee. »Ich könnte ihr sagen, daß du es warst und was du mit dem Hühnerbein gemacht hast.«

»Klar, du kannst es ihr sagen, aber vergiß nicht, was ich ihr alles so erzählen könnte.«

In jenen frühen Tagen ihrer Bekanntschaft waren die beiden zumindest in einem einig – komme, was wolle, sie würden sich gegenseitig bei den Erwachsenen nicht verpetzen. Dabei war allerdings das Konto mit den Schweigepflichten bei Bettina wesentlich höher angewachsen als umgekehrt, denn Bertram war häufig genug in Dinge verwickelt, über die man besser den Mund hielt.

»Schon gut. Aber ich warne dich – geh nicht mehr an den Kühlschrank.«

Bettinas Bus hielt als erster, und sie stieg ohne Abschiedswort ein.

Als sie mittags nach Hause ging, blickte sie sehr sorgfältig in alle Gärten. Sie hoffte eine Spur von Sternchen zu finden. Zu gerne hätte sie herausbekommen, wo das Tier wohnte. Aber keine Katze zeigte sich. Es dauerte bis zur Dämmerung, bis das Mädchen die Kleine wiedersah. Sternchen schlenderte gemächlich an der Hecke entlang, und nun erkannte Bettina auch, daß sie nicht hellbraun, sondern rotgolden getigert war. Sie stellte sich ans Fenster, und Sternchen kam auf ihren dicken Pfoten nähergetrippelt. Langsam machte sie wieder die Tür auf und ging in die Hocke.

»Na, Sternchen, hast du einen schönen Tag gehabt?«

»Brrip.«

»Na gut, meiner war auch nicht so besonders. Vor allem, weil ich wahrscheinlich Schwierigkeiten kriege, Futter für euch zu organisieren. Aber mir wird schon was einfallen.«

Goldene Augen sahen das Mädchen vertrauensvoll an, aber plötzlich bebten die Schnurrhaare, und wie ein Blitz war Sternchen verschwunden.

Die Zimmertür öffnete sich, und Bettinas Vater kam herein.

»Oh, mach um Himmels willen die Tür zu. Willst du denn das Universum heizen?«

Bettina schloß das Fenster und strich sich wieder mit dieser seltsam anmutigen Geste den Pony zurück.

»Mir war ein bißchen warm.«

»Geht es dir gut? Du warst gestern abend arg schnell im Bett verschwunden.«

»Mir geht's gut, Papa. Ich muß nur diese gräßlich langweiligen Grammatik-Aufgaben machen. Und auch noch ein Gedicht auswendig lernen. Es ist ätzend!«

»Ich höre es mir heute abend an, ja?«

»Bloß nicht, reicht schon, daß ich es morgen vor der versammelten Klasse aufsagen muß. Ich hasse das.«

»Ach, Mäuschen, warum bist du nur so schüchtern?«

»Weil es egal ist, wie gut ich was auswendig kann. Wenn ich es laut sagen soll, bleib ich immer stecken. Und dann lachen die anderen immer.«

»Deshalb wollte ich ja, daß du es mir aufsagst. Ich lache ganz bestimmt nicht.«

»Mal sehen.«

Bettina nahm wieder ihren Stift zu Hand und widmete sich der Grammatik.

Es war früh dunkel geworden, und der letzte Rest des roten Himmels, der angeblich darauf hinwies, daß die Engel irgendwelche exotischen Gebäckstücke herstellten, war verloschen. Sternengefunkel verschönte die frostige Nacht. Bettina, die im Schein ihrer Schreibtischlampe tief in das Gedicht versunken war, brauchte einige Zeit, bis sie das eigenartige Geräusch an der Fensterscheibe bemerkte.

Es klopfte.

Eindringlich.

Es maunzte auch dazu.

»Oh, Sternchen!«

Gedicht sollte Gedicht bleiben, die Katze war wichtiger.

»Komm rein. Aber wenn jemand in mein Zimmer kommt, mußt du dich verstecken!«

»Grrips!«

Vergnügt trippelte Sternchen in den Raum und inspizierte erst einmal alle Ecken. Vielleicht suchte sie sich schon ein geeignetes Versteck, wahrscheinlich aber war sie nur wie alle Katzen ungeheuer neugierig. Bettina ließ sie gewähren, spitzte aber selbst beständig die Ohren, um gewarnt zu sein, wenn jemand in die Nähe ihres Zimmer kam.

Schließlich sprang Sternchen auf die Fensterbank neben der Terrassentür und drückte ihre Nase an die Scheibe.

»Brrrr!« sagte sie, und Bettina gesellte sich zu ihr. Plötzlich richtete Sternchen sich auf, hob wieder die rechte Pfote und tupfte an das Glas.

»Was willst du mir damit sagen? Willst du raus?«

Sternchen sank zusammen und bildete ein Müffchen.

»Nein, bestimmt nicht. Es ist ja so scheußlich kalt.«

Wieder machte sich Sternchen lang und tupfte mit ihrer dicken Pfote an die Scheibe.

»Dir gefällt das Geräusch, ja?«

Bettina trommelte mit ihren Fingern an das Glas und erntete einen vernichtenden Blick.

»Äh, das war es wohl nicht.«

Neuerliches Pfotentupfen.

»Sag mal – versuchst du vielleicht einen dieser Sterne da draußen zu fangen?«

»Grrips!«

Erfreut rieb Sternchen ihren Kopf an Bettinas Arm.

»Das wird aber schwierig. Ich habe gerade gelernt, daß die Sterne alle ganz entsetzlich weit entfernt sind. So hoch kannst noch nicht einmal du springen!«

Wieder richtet sich Sternchen auf, tupfte an die Scheibe, und siehe da, eine Sternschnuppe fiel vom Himmel. Eine ganz kleine, die auch nur für einen Augenblick aufflackerte.

Völlig verblüfft sah Bettina die Katze an, die ganz eindeutig ein Grinsen im Gesicht hatte.

»Hast du die vom Himmel gezaubert?«

»Brrrrrip!« schnurrte Sternchen, außerordentlich zufrieden mit sich.

»Oder war das nur Zufall?«

Sternchen tupfte an die Scheibe, und eine weitere Sternschnuppe zog ihre glühende Bahn über das Firmament.

»Uuuiii!« hauchte Bettina ehrfurchtsvoll.

»Mau!« bestätigte Sternchen zufrieden.

Bettina konnte sich überhaupt nicht mehr fassen, und daher überhörte sie die Schritte vor ihrer Tür. Sternchen hingegen, mit den feinen Sinnen einer Katze ausgestattet, nahm sie wahr und huschte unter das Bett.

Ohne anzuklopfen, trat die Haushälterin in das Zimmer und sagte vorwurfsvoll: »Der Tisch für das Abendbrot ist gedeckt, dein Vater wartet auf dich!«

»Ja, Entschuldigung. Ich habe die Zeit vergessen.«

»Wohl wieder vor dich hingeträumt, was? Nun geh, wasch dir die Hände, und beeil dich ein bißchen.«

Erst drei Stunden später kehrte Bettina nach dem Abendbrot in ihr Zimmer zurück. Immerhin hatte sie als Beute eine Scheibe Wurst dabei.

Sternchen kam, als Bettina sie leise rief, mit einem höchst betretenen Gesichtsausdruck unter dem Bett hervor und drückte sich wortlos an die Wand.

»Na, was ist denn passiert? ... Oh!« Das Mädchen sah das Malheur. Ein paar zerrupfte Papierfetzchen auf dem Teppich zeugten davon, daß Sternchen versucht hatte, den feuchten Fleck auf dem Teppich ordnungsgemäß zu verscharren, wie es alle Katzen tun.

»Aber das ist wohl mehr meine Schuld, Sternchen. Ich hätte dich rauslassen müssen. Na, wird nicht so schlimm sein. Ich versuche es wegzuwischen.«

Mit einem nassen Handtuch bewaffnet, gelang es Bettina, die Spuren zu beseitigen. Das zerfetzte Papier warf sie in die Toilette. Leider hatte es sich dabei um ihre Grammatik-Hausaufgabe gehandelt.

»Die Aufgabe muß ich dann wohl noch mal machen!« seufzte sie und setzte sich an ihren Schreibtisch. Sternchen sprang zu ihr auf den Tisch und dann auf die Fensterbank, um energisch an die Scheibe zu klopfen.

»Laß nur, ich brauche jetzt keine Sternschnuppe.« Konzentriert machte sie sich daran, die Aufgaben noch einmal abzuschreiben. Dann erst erinnerte sie sich an die Wurst und fischte sie aus ihrer Hosentasche. »Mehr hab' ich heute nicht ergattern können, Sternchen. Willst du probieren?«

Die Katze beschnüffelte das inzwischen schon etwas schmierige Scheibchen, schüttelte angeekelt die dicke rechte Pfote und nieste.

»Ja, verstehe ich. Mist, ich kann nicht schon wieder an den Kühlschrank, sonst krieg ich Ärger mit Bertram. Ich fürchte, du mußt dir heute nacht ein paar Mäuse fangen, Wenn es überhaupt noch welche gibt.«

Bettina stand auf und trat an das Fenster, um in die frostige, sternenklare Nacht hinauszusehen. Sternchen hüpfte begeistert neben sie und tupfte auffordernd an die Scheibe. Eine Sternschnuppe glitt über den Himmel.

Ein magerer schwarzer Kater strich an dem beleuchteten Tannenbäumchen vorbei.

»Weißt du, Sternchen, meine Mama hat mir mal erzählt, daß man sich etwas wünschen darf, wenn man eine Sternschnuppe sieht. Das hat bisher leider noch nie geklappt. Aber wenn es funktionieren würde, dann würde ich mir jetzt einen großen Haufen Katzenfutterdosen wünschen.«

Sternchen tupfte bedächtig mit ihrer dicken Pfote an das Glas, schnupperte ernsthaft, sagte »Miau!«, und ein großer, leuchtender Stern fiel vom Himmel. Er kam näher und näher, landete auf der Terrasse und wurde – zu einer Palette Katzenfutter.

Sprachlos starrte Bettina den Stapel Dosen an.

»Das ist nicht wahr! Ich glaub' es nicht. Mann, Sternchen, ist das echt?«

»Brrip!«

»Und – ich meine ... Uff, was machen wir jetzt damit? Wenn das die Schindler sieht, kriegt sie junge Mäuse. Na ja, ein Döschen könnte ich ja schon mal für dich aufmachen, was meinst du?«

»Jau!«

»Und eins für Rambert, was!«

»Brrrrip.«

»Gut, dann hole ich mal einen Teller. Husch, unters Bett mit dir!«

Als Bettina die erste Dose von dem Stapel nahm, fiel ihr auch eine Möglichkeit ein, wo sie den ganzen Reichtum verstecken konnte. Das Gartenhäuschen hinter dem Carport wurde im Winter so gut wie nie betreten.

Sie füllte den Teller, und Sternchen stürzte sich mit großem Eifer darauf. Bettina machte sich mit dem gleichen Eifer über den Berg Dosen her und stapelte sie in einem leeren Regal. Zum Schluß hängte sie noch einen alten Sack darüber und war zwar verfroren, aber sehr zufrieden mit ihrer Arbeit.

Der Teller war leer, und Bettina füllte ihn mit dem Inhalt der zweiten Dose. Dann schob sie ihn unter den Busch am Gartenhäuschen, dort, wo Rambert manchmal saß und die Hecke beobachtete.

Sternchen strich ihr noch einmal dankbar um die Beine und verschmolz anschließend mit den Schatten. Mit klappernden Zähnen kehrte Bettina in ihr Zimmer zurück, gerade noch rechtzeitig, bevor ihr Vater hineinkam, um ihr eine gute Nacht zu wünschen.

»Was bist du nur für ein Frischluft-Fan geworden. Hier ist es ja wie im Kühlschrank. Nun laß doch endlich die Rollladen herunter, es soll heute nacht bitter kalt werden.«

»Ja, Papa.«

»Und was ist hier passiert?«

»Mir ist ein Glas Wasser umgekippt.«

»Na, ist nicht so schlimm, aber jetzt mach, daß du ins Bett kommst. Träum was Schönes, und mach dir keine Gedanken mehr wegen diesem Gedicht. Du hast das sehr hübsch aufgesagt, Mäuschen.«

»Ach ja, das Gedicht ...« Daran hatte Bettina gar nicht mehr gedacht. Zuviel war inzwischen passiert, und wie gerne hätte sie sich ihrem Vater anvertraut. Eine Katze, die Sternschnuppen vom Himmel holen konnte und die dann auch noch Wünsche erfüllte. Das war so einmalig, daß man es alleine fast nicht ertragen konnte.

»Übrigens, Mäuschen, was wünschst du dir eigentlich zu Weihnachten. Ich meine, früher hast du ja immer einen Wunschzettel an das Christkind geschrieben, aber ich habe inzwischen den Eindruck, daß du schon im vergangenen Jahr nicht so ganz geglaubt hast, daß Engel oder Nikoläuse die Wünsche erfüllen.«

»Nee«, sagte Bettina und grinste in sich hinein. »Im letzten Jahr habe ich daran nicht mehr geglaubt.«

»Siehst du, hab' ich es mir doch gedacht. Also wirst du mir verraten, was für ein Geschenk du haben möchtest. Wenn es nicht etwas ganz und gar Unmögliches ist, sollst du es bekommen. Du bist das ganze Jahr über so fleißig gewesen.«

»Ich hätte schon einen Wunsch, Papa, aber den wirst du mir bestimmt nicht erfüllen. Das weiß ich schon.«

»Na, probier es doch erst einmal.«

»Ich hätte gerne eine Katze. Ich würde auch ganz alleine dafür sorgen und aufpassen, daß sie nie in deine Praxis kommt. Bitte, Papa!«

Marius setzte sich auf die Bettkante und schüttelte den Kopf. »Das ist einer der Wünsche, die ich dir nicht erfüllen kann. Sieh mal, du wirst nächstes Jahr in eine andere Schule kommen, und wir haben doch schon gemeinsam überlegt, daß ein Internat für dich genau das richtige wäre. Wer soll dann auf das Kätzchen aufpassen?«

»Ich muß doch nicht in ein Internat. Ich könnte auch hier weiter zur Schule gehen?«

»Aber wir haben dich doch schon angemeldet.«

»Du sagst doch immer, daß man alles irgendwie regeln kann. «

Einen kleinen Moment lang war Bettinas Vater sprachlos. Er hatte seine Tochter ganz offensichtlich unterschätzt, denn soeben hatte sie ihn mit seinen eigenen Waffen geschlagen.

»Nein, Bettina, es geht nicht. Frau Schindler mag keine Katzen, und wir sind auf sie angewiesen. Wer sollte uns ansonsten den Haushalt führen?«

Bettina sah ihren Vater mit einem unergründlichen Blick an, schwieg aber. Marius begann sich unbehaglich zu fühlen. Dann sagte er das Dümmste, was seine Tochter je von ihm gehört hatte.

»Und welches Mäuschen würde sich schon eine Katze wünschen ...?«

»Gute Nacht, Papa. Bitte richte Frau Schindler aus, daß sie zukünftig anklopfen soll, bevor sie in mein Zimmer kommt. Und du bitte auch!«

Damit nahm sie ihr Nachthemd und verschwand im Badezimmer.

4. Kapitel
Der süße Brei und andere Wünsche

Die Stimmung zwischen Tochter und Vater war zwei Tage fast so kühl wie die frostklirrenden Dezembertage, aber Bettina hatte die Genugtuung, daß ihr Wunsch nach ein wenig Privatsphäre respektiert wurde, wenn Frau Schindler sie nun auch spöttisch mit »gnädiges Fräulein« anredete. Bertram übernahm diese Anrede natürlich ebenfalls, und er war es dann auch, der hinter Bettinas Geheimnis kam. Rambert verriet es ihm auf gewisse Weise. Der Junge ärgerte den Kater, wann immer er ihn zu Gesicht bekam. Besonders gern bewarf er ihn mit Tannenzapfen oder trat ihn in die Seite, wenn er nahe genug an ihn herankam. Als er ihn wieder einmal durch den Garten scheuchte, fand er den leeren Futterteller und zog die richtigen Schlüsse. Ein Blick in die Mülltonne bestätigte ihm, daß es hier jemanden gab, der Katzenfutter verteilte. Das konnte doch gewiß nur Bettina sein, die sich ja so rührselig um jedes Viehzeug kümmerte. Dieses Wissen konnte man sicher irgendwie verwenden! Bertram setzte seine freundlichste Miene auf und fragte Bettina am nächsten Morgen auf dem Weg zur Bushaltestelle aus.

Bettina, die selbst unglücklich darüber war, daß sie sich ihrem Vater nicht anvertrauen konnte, fiel darauf herein und vertraute Bertram an, daß sie sich heimlich um eine ganz besondere Katze kümmere. Wenn er sie kennenlernen wolle, dann solle er doch am späten Nachmittag zu ihr kommen.

»Aber vorher muß ich anklopfen, was?«

»Natürlich. Das gehört sich doch so!«

»Eingebildeter Fratz!«

»Ich bin eine Dame!«

»Quatsch!«

Bevor aber das gute Einvernehmen getrübt wurde, kam der Bus, und Bertram mußte einsteigen.

»Bis heut nachmittag!«

Inzwischen war es zu Sternchens Gewohnheit geworden, bei Einbruch der Dämmerung an die Terrassentür zu kommen und leise zu maunzen. Bettina ließ sie dann ein, und beide schmusten und spielten eine Weile miteinander. Manchmal holte Sternchen auch Schnuppen vom Himmel, aber Bettina hatte keine weiteren Wünsche geäußert. Sie war es ganz zufrieden, ihre Finger in dem seidigen Fell zu vergraben und der Katze all ihre Sorgen und Geheimnisse in die zierlichen Ohren zu flüstern. Nach dem Abendessen stellte sie ihr dann das Futter hin, und den zweiten Gang servierte sie wie üblich Rambert, der sich inzwischen auf die Minute pünktlich unter dem Tannenbäumchen einfand.

Um sechs Uhr klopfte es an diesem Tag. Sternchen versteckte sich, und Bertram trat ein.

»Na, wo ist das Wundertier?« fragte er und warf sich in den kleinen Sessel, der unter seinem Gewicht ein wenig quietschte.

»Sternchen, du kannst herauskommen. Alles in Ordnung!«

Aber Sternchen war scheu. Nur mit vielen Lock- und Gurrlauten gelang es Bettina, daß sie vorsichtig ihre Nase unter dem Bett hervorstreckte. Beherzt griff das Mädchen zu und zog sie hervor.

»Schau mal, das ist Bertram.« Und zu dem Jungen gewandt: »Streck mal deine Hand aus, damit sie daran schnuppern kann.«

»Und dann habe ich gleich solche blutigen Kratzer wie du! Nein, danke.«

»Blödsinn, Sternchen kratzt nicht. Sie ist ganz sanft!«

»Katzen kann man nicht trauen.«

»Ich schon. Komm, du Angsthase!«

Diese Bezeichnung traf Bertrams Ehre, und er stieß energisch seine Hand vor. Sternchen zuckte bei dieser heftigen Bewegung zusammen und fauchte vor Angst.

»Siehste!« sagte Bertram und zog die Hand zurück.

»Langsam, Bertram. Man darf sie nicht erschrecken.«

»Ach, vergiß es. Was ist denn nun so Besonderes an dieser Katze, daß du sie hier heimlich in deinem Zimmer hältst. Meine Mutter würde toben, wenn sie das wüßte.«

»Wenn du es ihr nicht verrätst, wird sie es nicht erfahren.«

»Da wär ich mir nicht so sicher. Katzen stinken und verlieren Haare.«

»So ein ausgemachter Blödsinn, Katzen stinken nicht.«

»Und was ist mit der Pinkelecke auf der großen Terrasse?«

»Sternchen pinkelt doch nicht ins Zimmer!« verteidigte Bettina ihre Katze. Außer dem ersten kleinen Unglücksfall war Sternchen eine makellos reinliche Katze geblieben, die weder Schmutz hereinbrachte noch irgendwo hinmachte.

»Sternchen! So einen albernen Namen konntest auch nur du einer Katze geben.«

»Oh, der Name ist nicht so albern. Komm mal her und schau zu!« Bettina setzte Sternchen auf die Fensterbank und kraulte ihr den Kopf. »Machst du es noch mal für uns?« Das

Mädchen nahm die rechte Pfote in die Hand und tupfte damit leicht an die Scheibe.

»Brrip!«

Sternchen richtete ihren Blick zum Himmel, wo ein paar Schleierwolken ankündigten, daß sich das Wetter ändern würde. Doch sie waren noch nicht so dicht, daß man die Sterne nicht sehen konnte. Mit einem energischen »Patsch!« klopfte sie an das Glas, und eine Sternschnuppe löste sich aus dem Dunkel.

»He, hat die Katze das gemacht?«

»Das hat Sternchen gemacht.«

»So was Verrücktes habe ich ja noch nie erlebt. Mach das noch mal, Katze!« forderte der Junge und stupste der Katze seinen Zeigefinger in die Rippen.

Sternchen gab ein Geräusch von sich, das sich so ähnlich wie »Muckelmuckelmuckel« anhörte, und bildete ein beleidigtes Müffchen.

»Man muß sie höflich bitten, Bertram. Sie ist schon ein wenig eigensinnig. Lassen wir sie bis nach dem Abendessen in Ruhe.«

Zum Abendessen gab es Nudelsalat, ein Gericht, das Bettina verabscheute. Sie mochte die glitschigen, in Mayonnaise getränken weißen Würmer nicht und stocherte nur auf ihrem Teller herum. Auch Bertram war nicht besonders begeistert von dem ziemlich faden Essen. Als sie schließlich fertig waren, fragte er Bettina mit einem verschwörerischen Blick: »Soll ich dir noch bei deiner Mathematikaufgabe helfen?«

Bettina, die bisher noch nie Schwierigkeiten mit Mathematik gehabt hatte, wirkte einen Augenblick verwirrt, aber dann verstand sie. Bertram wollte noch einmal Sternchens Kunststück sehen. So ganz glücklich war sie nicht darüber.

»Ach, ich komm schon zurecht!«

Marius nickte jedoch Bertram anerkennend zu und meinte: »Nett von dir, daß du Bettina helfen willst. Ich glaube, sie schreibt nächste Woche eine Klassenarbeit, nicht wahr?«

»Na ja, dann komm halt mit!«

Sternchen hatte sich beruhigt und war bereit, weitere Sterne vom Himmel zu holen. Es wurde allerdings zunehmend schwieriger, denn die Wolkendecke war dichter geworden, und sie mußte ordentlich an das Glas trommeln.

»Absolut stark. Und was machst du jetzt?«

»Ich füttere sie. Wart einen Moment.«

Bertram war aber neugierig und ging hinter Bettina her, die aus dem Schuppen zwei Dosen holte.

»Du meine Güte, woher hast du denn die Menge Katzendosen her. Hat sie die auch vom Himmel geholt?«

»So ungefähr.«

»Was heißt das?«

Ein wenig druckste Bettina herum, aber da ihr irgendwie keine Ausrede einfiel und sie im Lügen keine große Meisterin war, sagte sie schließlich: »Na, du weißt doch, wenn man eine Sternschnuppe sieht, kann man sich etwas wünschen!«

»Und du hast dir einen Haufen Katzenfutter gewünscht, und – schwups – da war er?«

»Ja, so war das.«

»Geil!«

Bettina zuckte mit den Schultern und richtete Sternchen

den Teller her. In gewohnter manierlicher Form begann die Katze zu fressen.

»Weißt du was, Bettina? Nach diesem faden Abendessen sollten wir uns eine Riesen-Schokotorte wünschen. Oder einen Haufen Berliner.«

Bettina, die schon den Duft von warmem Hefegebäck in der Nase hatte, mußte schlucken. Sternchen richtete die Ohren auf und sah sie mit einem fragenden Blick an.

»Sternchen, würdest du das tun?«

»Brrip!«

Sie sprang auf die Fensterbank, und Bertram sah gebannt zu, wie sie an die Scheibe trommelte und heftig schnupperte.

»Einen Haufen warme Apfelberliner!« sagte Bertram, und hinter dem Wolkenschleier tauchte ein Stern auf. Er entwickelte einen langen Schweif, kam näher und näher und landete auf der Terrasse. Eine riesige Papiertüte war es, die an einer Stelle aufgeplatzt war. Ein in Zuckerguß gehüllter Berliner kullerte heraus.

»Holen wir sie rein!«

Es wurde eine regelrechte Orgie! Während Bertram fünf Berliner verputzte, ohne mit der Wimper zu zucken, schaffte Bettina drei. Dann stopfte Bertram noch weitere vier in sich hinein, wurde aber merklich langsamer. Bettina kaute mühsam an dem vierten. Und die Tüte war noch nicht einmal halb leer.

Sternchen hatte einmal gelangweilt an den Krümeln gerochen, sich dann aber desinteressiert auf dem Bett zusammengerollt. Süßigkeiten waren eindeutig nicht ihr Ding.

»Ich platze gleich!« schnaufte Bettina. »Ich kann keinen einzigen Bissen mehr!«

»Na ja, ein bißchen geht noch, aber ... Nein, geht nicht mehr.«

»Was machen wir mit dem Rest?«

»Weiß nicht. Ich nehme noch ein paar mit, für die Schule morgen.«

»Ah, das ist eine Idee.«

Bertram leckte sich die klebrigen Finger und sah sich den leise schnarchenden Katzenkringel auf dem Bett an.

»Ob die auch was anderes als Futter herbeizaubern kann?«

»Weiß ich nicht, Ich hab' es noch nicht versucht.«

»Du bist vielleicht blöd. Komm, Kätzchen, ich habe noch einen kleinen Wunsch.«

Zumindest das hatte Bertram gelernt, daß man mit Katzen sanft sprechen mußte, wenn man etwas von ihnen wollte.

Sternchen räkelte sich, streckte sich einmal vorne, einmal hinten lang aus und hüpfte auf die Fensterbank

»Hol mir ein Sternschnüppchen vom Himmel, Kätzchen«, säuselte Bertram, und Bettina mußte kichern.

Es gelang Sternchen erst nach dem dritten Anlauf, ein Wolkenloch zu finden, durch das der Himmel so weit zu sehen war, daß ihr Pfotenheben und Schnuppern Erfolg hatte.

»So ein supercooles, ferngesteuertes Polizeiauto!«

Das elektronische Spielzeug landete samt Verpackung mit einem Klappern.

»Noch eine, Sternchen!«

Zögernd löste sich ein Schweifstern, und Bertram brüllte: »So ein megageiles Mountainbike, wie Lukas es hat!«

Das Fahrrad wurde umgehend geliefert.

Bettina aber wurde es immer beklommener ums Herz.

Man konnte doch nicht so einfach alles bekommen, was man sich wünschte. Das war irgendwie nicht richtig.

»Schluß jetzt, Bertram!«

»Ach was, ich hab' grade erst angefangen. Hey, Sternchen, ich hätte da gerne noch ...«

Aber das Mädchen hatte schon die Terrassentür geöffnet, Sternchen schlüpfte hinaus und verschwand in den Hecken.

»Bist du bescheuert, Bettina?«

»Bin ich nicht. Was willst du denn deiner Mutter erzählen, wo du die Sachen her hast?«

Betroffen sah Bertram sie an. »Also gut, da hast du recht. Na, mir wird schon was einfallen. Wenn ich dein Sternenschätzchen wiedertreffe, bestelle ich mir nur solche Sachen, die ich gut unterbringen kann.«

»Laß nur die Finger von Sternchen, Bertram. Und jetzt nimm deinen Kram mit und laß mich allein.«

»Was bist du denn so eingeschnappt? Das war doch lustig. Mal sehen, vielleicht kann ich meine Mutter ja doch dazu überreden, daß wir uns eine Katze halten dürfen.«

Es brauchte noch einige Zeit, bis Bertram endlich gegangen war und Bettina allein zurückblieb. Sie verstaute die restlichen Berliner, aber irgendwie verursachte der süße Geruch ihr Übelkeit. Dann stellte sie noch das Futter für Rambert nach draußen, rief leise nach Sternchen und war enttäuscht, als sie kein Maunzen hörte. Nur das nachtjagende Käuzchen rief sein unheimliches Uhuhuh durch die Finsternis. Die Wolken hatten den Himmel völlig bedeckt.

5. Kapitel
Sternchens rauhbeiniger Beschützer

Für Rambert hatte sich, nachdem der Stein ihn am Kopf getroffen hatte, eine ganz neue Welt aufgetan. Das lag nicht etwa an einer Gehirnerschütterung, so schlimm war die Verletzung nicht gewesen. Eigentlich war es nur eine kleine Schramme, und sein Dickschädel hatte schon ganz andere Schläge ausgehalten. Nein, es war diese verflixte kleine Katze, die sie Sternchen nannten. Daß sie ihn geputzt hatte, als er sich nicht wehren konnte, war ihm schon ziemlich unglaublich vorgekommen, aber daß sie ihm dann obendrein von ihrer Beute abgegeben hatte, war geradezu grotesk. Und was für eine Beute, göttliche Bastet! Hühnerfleisch, fetttriefend, zart, delikat.

Seit diesem denkwürdigen Abend hatte es nun jede Nacht einen Teller voller Futter gegeben. Noch nie war Rambert so wunderbar satt gewesen. Er wußte, wem er das zu verdanken hatte. Er hätte es sich ja gleich beim ersten Anblick denken können. Dieser Sternenstaub im Fell, die Sternzeichnung auf der Stirn, die unnatürlich dicken Pfoten ... Die uralten Katzenlegenden, die an den geheimen Plätzen der Katzenbruderschaften ausgetauscht wurden, berichteten seit jeher von den Sternschnupper-Katzen. Alle dreizehn mal dreizehn Jahre kam eine von ihnen auf die Erde. Warum, wußte Rambert allerdings nicht. Nur daß sie sich immer dem ersten Menschen anschlossen, der sie gut behandelte. Für ihn holten sie Sterne vom Himmel. War der Mensch klug – ungefähr halb so klug wie eine Katze, mehr war bei den Aufrechten ohnehin nicht drin –, dann konnte er sich dabei etwas wünschen. Exakt und genau dreizehn Wünsche konnte eine Sternschnupper-Katze erfüllen. Wenn Rambert es richtig gezählt hatte, hatte Sternchen schon vier davon definitiv vergeuden müssen. Oder besser – drei. Das mit dem Katzenfutter war ein verdammt guter Wunsch gewesen. Aber die anderen? Gottkater, was für ein Müll! Er würde ein ernstes Wort mit Sternchen reden müssen. Wenn er sie denn endlich finden würde.

Rambert suchte an allen bekannten Stellen nach Spuren, aber das einzige, was er wahrnahm, war die Veränderung des Wetters. Es würde wärmer werden, wahrscheinlich sogar Regen geben. Igitt.

Es war der schiere Zufall, der ihn die rotgoldene Katze entdecken ließ. Sternchen war auf das Nachbargrundstück gelaufen und hatte sich dort unter die Abdeckung einer Sandkiste verkrochen. Es war der Schimmer ihrer Augen, der sie verriet. Aber das Funkeln war lange nicht so leuchtend wie bisher, ja, ihre Augen wirkten regelrecht matt, und die rosige Zunge hing ein ganzes Stück aus dem Mäulchen heraus. Kurzum, die kleine Katze strahlte Erschöpfung aus.

Sternchen erkannte Rambert und schloß mit einem kaum hörbaren Brummen die Augen, legte das Kinn auf die dicken Pfoten und schlief ein. Der Kater hingegen tat etwas, was er sein Leben lang noch nicht getan hatte: Er setzte sich aufrecht unter einen Busch und hielt Wache. Einmal mußte er einen Marder verscheuchen, und ein anderes Mal brummte er warnend eine weißbäuchige Tigerkatze an, die sich zu nahe an die Sandkiste heranwagte. Irgendwann im Laufe der Nacht drehte sich Sternchen um, und ihr Schwanz hing über den Rand der Sandkiste. Da sich der Tau auf ihm niederzuschlagen begann, schob Rambert das Stückchen rotgoldenen Pelz vorsichtig mit der Pfote wieder unter die Abdeckung. Sternchen schien es nicht zu merken. Erst in der Morgendämmerung verließ der Kater seinen Posten, um sich mit zwei Mäusen zu stärken.

Aber er blieb in der Nähe des Sandkastens, und als Sternchen am Nachmittag die Nase wieder in die Welt streckte, machte er sich zunächst unsichtbar. Sternchen betrieb ausgedehnte Gymnastik, gähnte so herzhaft, daß man beinahe bis zum anderen Ende von ihr hindurchsehen konnte, und hielt Katzenwäsche.

Es war wärmer geworden, aber die Luft war unangenehm feucht. Wie schön wäre es nun, an einer warmen Heizung zu sitzen, dachte Sternchen und schlüpfte durch den Zaun, um zu prüfen, ob Bettina schon in ihrem Zimmer war. Ja, ganz deutlich war sie zu sehen. Der trübe Tag verlangte nach Lampenlicht. Sie saß an ihrem Tisch und bastelte irgend etwas aus buntem, glänzendem Papier. Ah, Papierbällchen zu jagen müßte Spaß machen, überlegte Sternchen, die ihre Erschöpfung durch den langen, ungestörten Schlaf überwunden hatte, und hüpfte auf die Terrasse zu.

Ein schwarzes Hindernis tat sich plötzlich vor ihr auf – ein Hindernis in Form eines warnend brummenden schwarzen Katers. Überrascht fuhr Sternchen zurück und versuchte Rambert zu umgehen. Der Kater war jedoch schneller und baute sich wieder vor ihr auf. Mit absoluter Deutlichkeit gab er ihr zu verstehen, daß er nicht wünschte, sie noch einmal zu Bettina zu lassen. Aber auch Sternchen konnte eigensinnig sein. Sie plusterte ihren Schwanz auf, machte einen drohenden Buckel und begann ihrerseits zu brummen. Es war ein erstaunlich lautes und herausforderndes Geräusch, das aus einem so kleinen Körper kommen konnte. Rambert war beeindruckt, aber nicht bereit, die Sternschnupper-Katze, für die er sich nun verantwortlich fühlte, noch einmal den schwachköpfigen Menschen auszuliefern.

Als sie einen Schritt näher kam, boxte er sie mit eingezogenen Krallen auf die Nase. Nur so als Warnung, versteht sich. Doch Sternchen empfand das als Eingriff in ihre persönliche Freiheit und verpaßte Rambert ebenfalls einen Hieb. Er drängte sie zurück, sie schlug einen Haken, um an ihm vorbei zu kommen. Er sprang auf ihren Schwanz und drückte ihn mit den Tatzen zu Boden. Sie giftete ihn an, er giftete zurück. Sie kam frei und spurtete auf das erleuchtete Fenster zu. Er sprang über sie hinweg und riß sie zu Boden. Sie wälzten sich fauchend und brummend auf der Wiese, und schließlich jagte Rambert die Himmelskatze quer durch die Nachbarschaft, bis sie auf einem laublosen Baum Zuflucht suchte und von einem schwankenden Ast aus Beleidigungen auf Rambert prasseln ließ.

Bettina, die ganz in ihre Bastelarbeiten vertieft war und außerdem Musik hörte, hatte von alledem nichts mitbekommen. Erst als Sternchen nicht zur gewohnten Zeit am Fenster erschien, wurde sie ein wenig unruhig. Doch zunächst tröstete sie sich damit, daß die Katze ja keine Uhr hatte, nach der sie sich richten konnte. Wahrscheinlich würde sie nach dem Abendessen auftauchen, wenn ihr Magen knurrte.

Das Abendessen verlief ungemütlich für Bettina. Bertram versuchte auf die verschiedensten Arten sie zu überreden, ihn noch einmal mit Sternchen zusammenzubringen. Da diese Tatsache weder seine Mutter noch Bettinas Vater wissen durften, verkleidete er seine Forderungen in mehr oder minder freundliche Hilfsangebote, die Bettina als geistig minderbemittelte Schülerin dastehen ließen, die noch nicht einmal das kleine Einmaleins beherrschte, sondern der Hilfe eines erfahrenen Lehrmeisters bedurfte. Bettina, die die wahre Absicht erkannte, war doppelt ungehalten und kurz davor, richtiggehend unfreundlich zu reagieren. Schließlich nahm sie das kleinere Übel auf sich und behauptete, sie könne diesen Abend sowieso nichts mehr lernen, weil ihr Kopf brummte. Wahrscheinlich würde sie eine Erkältung bekommen. Darauf jedoch reagierte ihr Vater äußerst empfindlich und beorderte sie zu einer eingehenden Untersuchung. Obwohl er keine beunruhigenden Symptome feststellen konnte, erhielt Bettina den abschließenden Befehl, sich sofort ins Bett zu begeben und keinesfalls wieder das Fenster stundenlang aufzulassen.

Bettina gehorchte – weitgehend.

Eigenhändig hatte ihr Vater die Rolläden heruntergelassen und die Decken fest um seine Tochter gesteckt. Als Bettina jedoch sicher war, daß ihr Vater es sich im Wohnzimmer mit seiner Zeitung gemütlich gemacht hatte, krabbelte sie aus dem Bett, zog sich ihr Sweatshirt und die Jeans über den Schlafanzug und versuchte ganz leise den knarrenden Rollladen wieder hochzuziehen. Auf halber Höhe hielt sie inne, öffnete die Tür und kroch nach draußen, um Sternchen zu suchen.

Vergebens – weder Rambert noch die rotgoldene Katze ließen sich blicken. Traurig, durchgefroren und zitternd stellte Bettina eine doppelte Portion Futter bereit und kehrte in ihr Zimmer zurück. Als sie endlich im Bett lag, klapperten ihr noch immer die Zähne, und am nächsten Morgen wachte sie mit einer überzeugend tropfenden Nase auf.

Immerhin konnte sie mit Genugtuung feststellen, daß der Futterteller leer war.

6. Kapitel
Entführung

Bertram hatte sein neues Mountainbike noch an dem Abend, als es ihm auf so wundersame Weise beschert worden war, an der Straße abgestellt, um unangenehmen Fragen seiner Mutter aus dem Weg zu gehen. Mit stolz geschwellter Brust hatte er dann am Morgen das neue Statussymbol eingesetzt, um damit zur Bushaltestelle zu radeln. Die neidischen Blicke seiner Schulkameraden erfüllten ihn mit Genugtuung, und die Fragen, woher er das kostspielige Gerät habe, beantwortete er locker mit dem Hinweis auf einen reichen Onkel.

Doch die Freude über das Fahrrad war von kurzer Dauer. Da er sich nicht der Mühsal hatte aussetzen wollen, mit dem Gefährt die vier Kilometer zur Schule zu radeln, sondern die Bequemlichkeit des Busses in Anspruch genommen hatte, blieb das nagelneue Rad unbeaufsichtigt – und unverschlossen, denn ein Sicherheitsschloß war im Wunsch nicht inbegriffen – an der Bushaltestelle stehen.

Nicht lange allerdings.

Als Bertram am Nachmittag dort wieder eintraf, mußte er zu seiner grenzenlosen Enttäuschung feststellen, daß ein anderer Interessent sein kostbares Mountainbike zu seinem eigenen gemacht hatte.

Andrerseits war der Verlust auch wieder nicht so schlimm. Schließlich war da ja noch die Katze der unbegrenzten

Möglichkeiten. Daher war Bertram bestrebt, wieder mit Bettina zusammenzukommen. Ihre Weigerung und die schäbige Ausrede beim gemeinsamen Abendessen ärgerten ihn daher beinahe bis zur Weißglut. Nachts im Bett jedoch kam ihm die erlösende Idee.

Sternchen hatte in der Nacht den Weg in den Garten zurückgefunden und durfte, unbehelligt von Rambert, ihre Portion Futter auffressen. Doch das Fenster, durch das sie so gerne zu Bettina ins Warme geschlüpft wäre, blieb abweisend verschlossen, und ihr leises Maunzen wurde nicht vernommen. Enttäuscht verkroch sie sich wieder in der Sandkiste und rollte sich zusammen, um sich selbst zu wärmen.

Den nächsten Morgen verbrachte sie damit, eine fette Maus zu erbeuten und später ihre übliche Runde zu drehen. Rambert hatte eine energische Markierung an der Hausecke hinterlassen, die sie dahingehend deutete, daß ein weiterer Besuch der Terrasse von ihm nicht gewünscht wurde. Da Bettina aber ohnehin nicht im Haus war, konnte sie diesen Befehl leichten Herzens befolgen. Das Mädchen war wie üblich morgens zur Schule gegangen. Sternchen war inzwischen vertraut mit der Umgebung und daher auch nicht mehr ganz so aufmerksam wie in den ersten Tagen. Da waren der Parkplatz vor dem Haus, auf dem die Patienten ihre Fahrzeuge abstellten, der Vorgarten mit den blauen Blumenkübeln, das Versteck der Mülltonnen mit ihren höchst interessanten Gerüchen und das weiße Zäunchen, das das Grundstück von der Straße abgrenzte. Die Katze patrouillierte an dieser Grenze entlang, lauschte den sich streitenden Rotkehlchen und den bunten Meisen, die um eine

Körnerkugel flatterten, die Bettina aufgehängt hatte, und versteckte sich vor der Frau, die mit energischen Schritten und einem umfänglichen Einkaufskorb das Haus verließ. Kurz danach kam Bertram nach Hause, und als er die Tür hinter sich geschlossen hatte, sprang sie hervor und setzte an, eine passende Stelle zu finden, wo sie ihrem körperlichen Bedürfnis nachgeben konnte. Dabei bemerkte sie nicht, daß sie beobachtet wurde. Sie hatte gerade begonnen, ein tiefes Loch in das lockere Laub zu scharren, als es schwarz um sie wurde.

Bertram hatte sich früher aus der Schule verabschiedet, als der Stundenplan es eigentlich vorsah. Er wußte, daß seine Mutter am Freitag immer die Wochenendeinkäufe tätigte und er alleine in der Wohnung sein würde. Mit einer Wolldecke bewaffnet, lauerte er Sternchen auf, und als sie sich in einem Haufen alter Blätter niederließ, warf er die Decke über sie und schleppte sie ins Haus. Er hatte alles durchdacht, vor allem, daß weder seine Mutter noch Bettina etwas von der Anwesenheit der Katze wissen durften. Der Heizungskeller wurde selten betreten, und in diesen muffigen Raum hinein warf er die zappelnde, fauchende Katze mitsamt Decke. Am Tag hatte er keine Verwendung für sie, denn Sternschnuppen fielen ja gewöhnlich erst nachts vom Himmel.

Der Junge konnte allerdings nach dem erfolgreichen Catnapping seinen Geltungsdrang nicht ganz verbergen, und am Nachmittag, als er sich mit zwei Freunden traf, machte er einige geheimnisvolle Andeutungen über eine Katze mit wunderbaren Eigenschaften. Genüßlich kostete er die Spannung aus, die er damit erzeugte. Noch mehr genoß er es, sich nach und nach und völlig widerstrebend dazu überreden zu lassen, auch Niklas und Erni, seinen beiden Gefährten, nach Einbruch der Dunkelheit zu erlauben, die Dienste der Sternschnupper-Katze in Anspruch zu nehmen.

Bevor er sie allerdings den Jungen vorführte, mußte Bertram feststellen, daß es im Heizungskeller unangenehm roch. Als er die auf der Decke zusammengerollte Katze aufheben wollte, trat er in die Quelle des Gestanks. »Scheiße!« entfuhr es ihm folgerichtig, und beinahe wäre Sternchen ihm durch den Türspalt entwischt. Nachdem er sich und den Boden notdürftig gesäubert hatte, mußte er mit viel List und Tücke die Katze einfangen. Aber dann hatte er sie in die Enge getrieben, und wenn er auch ein paar häßliche Kratzer abbekam, hatte er sie doch am Ende sicher im Genick gepackt und trug sie zu seinen wartenden Bewunderern in sein Zimmer.

Sternchen war nicht zur Zusammenarbeit aufgelegt. Sie war ihrer Freiheit beraubt, in einen nach Öl riechenden Keller eingesperrt worden und war zudem sehr hungrig. Auch der Raum mit den drei Menschenjungen behagte ihr nicht. Sie fühlte sich von den Blicken bedrängt und suchte ein Versteck. Aber es gab kaum eine freie Stelle, wo sie sich hätte verkriechen können. Überall lagen irgendwelche Sachen herum, sogar unter dem Bett.

»He, saustark, das Teil!« rief Niklas aus und setzte das ferngesteuerte Polizeiauto mit Sirene und Blinklicht in Bewegung. »He, Katze, du bist ein Gangster, und ich verfolge dich!«

Das Fahrzeug raste auf Sternchen zu. Entsetzt sprang sie auf die Fensterbank und stieß sich den Kopf am Rahmen.

»Laß den Quatsch!« sagte Bertram und nahm Niklas die Fernbedienung aus der Hand. »Man muß ganz sanft mir ihr herumsäuseln, sonst klappt das nicht.«

»Miez, miez, miez!« gurrte Erni grinsend und näherte sich der Katze, deren Schnurrhaare alarmierend nach hinten gerichtet waren, aber wenigstens blieb sie sitzen.

»Klappt ja echt!«

»Klar. Paßt auf!«

Bertram näherte seine Hand vorsichtig Sternchens Nase, und sie schnüffelte kurz daran. Gut, der Junge war schon mit Bettina zusammen gewesen, und so schwand ein wenig von ihrem Mißtrauen. Außerdem schien er sie nicht mehr mit rauhen Griffen packen zu wollen, sondern kraulte sie, wenn auch nicht gerade fachmännisch, im Nacken. Dann bat er um eine Sternschnuppe. Gutmütig drehte die Katze sich um und schaute zum Himmel hinauf. Wolkenbänke zogen vorbei, aber der eine oder andere Stern blitzte noch zwischen ihnen hindurch, und so holte sie ihm einen davon herunter.

Bertrams Freunde waren gebührend beeindruckt.

»Tja, aber das ist noch nicht alles. Die Katze kann noch mehr. Niklas, du wolltest doch so ein irres Handy mit Digitalkamera haben. Los, wünsch dir das mal.«

»Blödsinn!«

»Kein Blödsinn. Komm, kraul sie und schau zum Himmel. Wenn die Sternschnuppe runterfällt, mußt du deinen Wunsch laut aussprechen!«

Ungläubig, aber doch überaus neugierig folgte Niklas den Anweisungen und hielt sprachlos vor Staunen kurz darauf das begehrte Gerät in den Händen. Dann durfte Erni sich etwas wünschen, und eine komfortable Play-Station gehörte ihm. Dann aber gab es einen Reinfall. Für Bertram, der wieder ein Fahrrad haben wollte, produzierte Sternchen zwar eine wunderschön leuchtende Kugel in Form eines Mountainbikes, doch sie zerschellte am Boden und löste sich in ein Nebelwölkchen auf.

»Mist, was soll das?«

»Vielleicht war eine Wolke vor dem Stern?« mutmaßte Niklas und deutete auf den fast ganz zugezogenen Himmel.

»Oder sie hat keine Kraft mehr. Vielleicht solltest du ihr was zu fressen geben!«

Auf diese ausgefallene Idee wäre Bertram kaum von selbst gekommen, aber er gab zu, daß daran etwas sein könnte. Da er wußte, wo Bettina den Dosenvorrat versteckt hatte, bekam Sternchen doch noch ihre ausgiebige Mahlzeit.

Aber zum weiteren Sternschnuppern kam es dann nicht mehr. Nieselregen hatte eingesetzt, und die Nacht war finster. Sternchen wurde wieder in den Heizungskeller verfrachtet, wo die dicke Eisentür keinen Laut ihres Kratzens und Jammerns nach außen dringen ließ. Bertram und seine Freunde verabredeten sich für den kommenden Tag, einen Samstag.

Rambert war es zunächst recht zufrieden, daß Sternchen seine Anweisungen befolgte und sich nicht mehr zu den Menschen begab. Doch dann mußte er beobachten, wie verzweifelt Bettina nach der Rotgoldenen suchte und sie vergeblich lockte und rief. Die Himmelskatze kam auch später nicht zum Futterplatz, und das machte Rambert dann richtig unruhig. Er begann mit der Spurensicherung. Seine feine

Nase bestätigte ihm, daß Sternchen vom Sandkasten etwa in der Mitte des Tages aufgebrochen war, er konnte auch die feinen Zeichen lesen, die sie bei ihrem Rundgang hinterlassen hatte. Er fand die Reste der Maus, die Stelle, wo sie ihr Mäulchen am Zaun gerieben hatte, eine rotgoldene Fluse, die an anderer Stelle hängengeblieben war, und das Loch, das sie angefangen hatte zu graben. Dann aber brach die Fährte ab. Dafür gab es Menschenspuren in der weichen Erde. Widerwillig schlich der Kater in die Nähe des Hauses, um in das erleuchtete Zimmer zu spähen, aus dessen Fenster ihn schon so oft harte Geschosse getroffen hatten.

Er war hilflos Zeuge, wie Sternchen gezwungen wurde, die Wünsche dieser kreuzdämlichen Bande zu erfüllen. Sieben der dreizehn kostbaren Wünsche waren damit bereits vertan! Verzweifelt wünschte Rambert sich, zwischen diese Ansammlung von Menschen hineinzufahren wie die rächende Sekmet. Die ägyptische Katzengöttin, die dunkle Schwester der liebevollen Bastet, hatte einmal, als sie beleidigt wurde, gesagt: »Wenn ich Menschen morde, frohlockt mein Herz!« Auch Ramberts Herz hätte frohlocken können, aber er war zur Untätigkeit verdammt.

Brummend vor Zorn und Enttäuschung blieb er in der Nähe des Fensters sitzen, und erst als er sah, daß die Katze schließlich doch einen Teller Futter bekam und der Himmel so dicht zugezogen war, daß kein Stern mehr herunterkommen konnte, zog er mit schleifendem Schwanz von dannen, um im Garten unter den Büschen die Nacht zu verbringen.

Dort begann er sich zu fragen, was ihm eigentlich an dieser verrückten Sternschnupper-Katze lag. Sie war so gar nicht sein Typ. Aber wer war schon sein Typ! Als ausgewiesener

Einzelgänger war er sich meistens selbst genug. Seine gelegentlichen geselligen Kontakte hatte er mit der Bruderschaft der Streuner und der einen oder anderen wilden Vertreterin der Schwestern. Er brauchte weder Katze noch Mensch, um sein Leben zu leben. Oder wenigstens nicht oft. Dennoch hatte diese vom Himmel gefallene Katze eine Saite in ihm angerührt, von der er überhaupt nicht wußte, daß er sie besaß. Sie hatte ihn geputzt, als er verwundet war. Sie hatte sich um ihn gekümmert und ihm von ihrem eigenen Futter abgegeben. So etwas hatte er noch nie erlebt! Und nun hatte dieses unmögliche Tier die Sehnsucht in ihm geweckt. Die Sehnsucht nach Zuneigung und Fürsorge, die ihm bisher ganz und gar fremd war. Da er nicht wußte, was er mit diesem Gefühl anfangen sollte, übertrug er es auf Sternchen. Ja, so mußte es sein, stellte Rambert verdutzt fest. Er hatte den unleugbaren Wunsch, Sternchen zu beschützen, weil sie ihn beschützt hatte. Verrückt, aber ändern konnte er es nun nicht mehr, der Schaden – oder der Gewinn? – war eingetreten.

Sorgsam legte Rambert die Vorderpfoten über Kreuz und bettete sein Kinn darauf. Das war die Position, in der er am besten nachdenken konnte.

7. Kapitel
Entwischen

Bettina vermißte Sternchen heftig, und daher wurde die gesamte Welt zu einem Hort des Unglücks. Vor allem, weil sie niemandem von Sternchen erzählen konnte. Noch nicht einmal Bertram. Er hatte am Vorabend, als sie ihn, wie es zu ihrer Maskerade gehörte, um Hilfe bei einer Hausaufgabe gebeten hatte, rundweg abgelehnt, ihr zu helfen. Er habe Freunde zu Besuch. Am Morgen hatte er dann vorgegeben, erst zu einer späteren Stunde zur Schule gehen zu müssen. Bettina war alleine aus dem Haus gegangen und hatte sich überall sorgfältig umgesehen. Doch lediglich Rambert war aufgetaucht. Der schwarze Kater hatte sich einigermaßen seltsam benommen. Gewöhnlich war er scheu und unnahbar, aber an diesem Morgen hatte er sie ganz nahe kommen lassen. Er hatte auf dem weißen Zaunpfahl gesessen wie eine schwarze Statue mit glühend grünen Augen und sie unverwandt angestarrt. Er war auch nicht weggesprungen, als sie ihn angesprochen hatte. Höflich und mit großer Achtung, wie es einem stolzen Panther gebührt, fragte sie ihn nach seinem Befinden, was Ramberts Meinung von den Menschen ein Quentchen zum Positiven hin veränderte. Er antwortete, indem er lässig die rechte Pfote hob. Dann aber fragte Bettina ihn nach Sternchen, und tiefe Sorge klang aus ihrem Tonfall. Zufrieden sprang Rambert vom Pfosten, um geradewegs auf das Fenster von Bertrams Zimmer zu marschieren.

Bettina deutete diesen Verhalten fälschlich so, daß er die Audienz als beendet betrachtete, und machte sich auf den Weg zum Bus. Ramberts Meinung von den Menschen verschlechterte sich ob dieser Dummheit radikal.

Aber er unterschätzte Bettina. Sie fing in der langweiligen Deutschstunde plötzlich an, über das ungewöhnliche Verhalten des Katers nachzudenken. Dem Dativ schenkte sie keine Beachtung, des Genitivs Bedeutung blieb ihr verborgen, den Akkusativ ließ sie an sich vorbeirauschen, ohne daß er Spuren hinterlassen konnte, und auch der Nominativ hatte keine Chance, ihr Herz zu erreichen. Etwas nagte an ihrer Erinnerung. Warum war der ansonsten so vorsichtige und wachsame Kater heute sitzen geblieben? Hatte er ihr vielleicht etwas mitteilen wollen? Bettina war von Natur aus allen Lebewesen gegenüber einfühlsam und hatte schon lange Gespräche mit Eichhörnchen, Feldmäusen, Kröten, Amseln und Kaninchen geführt. Dabei hatte sie nie das Gefühl gehabt, daß diese Unterhaltungen einseitig verlaufen wären. Mit Sternchen aber verstand sie sich auf eine noch weit tiefere Weise. Es war ein bißchen so wie Gedankenlesen. Nun überlegte sie, ob das bei Rambert wohl auch der Fall gewesen sein könnte. Er hatte ihr etwas gesagt. Durch seinen Blick? Durch die Geste mit der Pfote? Oder ... Er war auf Bertrams Fenster zugelaufen. Wie seltsam! Auch Bettina wußte, daß der Junge häufig den Kater quälte, indem er mit Steinen nach ihm warf. Ob Sternchen zu Bertram gelaufen war, statt zu ihr zu kommen? Ein Stich Eifersucht durchfuhr Bettina wie eine glühende Nadel. Aber der Schmerz erlosch, als ihr eine ganz andere Möglichkeit einfiel. Was, wenn Sternchen gar nicht freiwillig bei Bertram war?

Durch diese Schlußfolgerung abgelenkt, hatte der Indikativ keine Möglichkeit, sich ihr einzuprägen, und trat den Rückzug an. Der Konjunktiv hätte gerne versucht, zum Ziel zu kommen, doch nur der Imperativ drang zu ihr durch: »Bettina, wach auf!« sagte die Lehrerin in barschem Ton zu ihr.

Den Rest der Stunde mußte sie also ihre Überlegungen zur Seite schieben, aber in der Pause überschlugen sich ihre Gedanken. Bertram wollte gestern abend nicht mit ihr sprechen, weil er Freunde eingeladen hatte. Wie begeistert er von den Wunsch-Schnuppen war, hatte sie selbst gesehen, und sie wußte auch, wie gerne Bertram sich im Mittelpunkt der Bewunderung sah. Wahrscheinlich hatte er Sternchen irgendwann im Laufe des gestrigen Tages eingefangen. Aber seine Mutter würde es nie dulden, wenn er die Katze in seinem Zimmer hielt, also mußte er sie irgendwo versteckt halten.

Wo, verflixt noch mal?

Die Sorge um die kleine Wunschkatze überwältigte Bettina, und sie tat etwas, was sie bisher noch nie gemacht hatte: Sie blähte ihre leichte Erkältung zu einer veritablen Lungenentzündung auf und erhielt von dem verständnisvollen Naturkundelehrer die Erlaubnis, nach Hause zu fahren.

Zu Hause jedoch begegnete sie zuerst ihrem Vater, der sofort befürchtete, daß sich ihre Erkältung verschlimmert hatte.

»Du solltest im Bett bleiben, Mäuschen, du siehst nicht gut aus. Das ist mir schon heute beim Frühstück aufgefallen. Ich hätte dich gar nicht erst zur Schule gehen lassen sollen. Ich werde Frau Schindler sagen, daß sie dir eine heiße Zitrone macht, und sie danach zur Apotheke schikken.«

»Ach, ist doch nicht nötig, Papa. Mir geht es wirklich ganz gut. Ehrlich! Die Nase ist auch gar nicht mehr so zu.«

»Trotzdem, Bettina. Bleib in deinem Zimmer. Ich schaue nachher nach dir. Und so schlecht schmeckt heiße Zitrone mit Honig doch nicht, oder?«

Normalerweise mochte Bettina dieses Wundermittel gegen alle Erkältungen wirklich gerne, aber diesmal paßte es nicht in ihre Pläne. Sie mußte etliche Zeit der Fürsorge über sich ergehen lassen, bis sie endlich dazu kam, sich unbemerkt im Haus umzusehen. Zunächst fand sie keine Spur von Sternchen, obwohl sie sogar heimlich in Schindlers Einliegerwohnung eindrang. Sie stieg eben die Treppe hinauf und wollte die Tür zu ihrer Wohnung hinter sich schließen, als Bertrams Freunde Niklas und Erni wieder vorbeikamen. Endlich wurde ihre Geduld belohnt.

»Ist sie noch da?« fragte einer von ihnen.

»Klar. In den Heizungskeller geht niemand hier.«

»Dann hol sie raus. Ich hab' eine ganze Liste von Sachen, die mir meine Eltern vom Wunschzettel gestrichen haben!«

»Mann, das geht doch über Tag nicht.«

Die Tür zu Bertrams Zimmer fiel ins Schloß, und Bettina rannte die Treppe so hastig hinunter, daß sie beinahe hingefallen wäre. Mit aller Kraft zerrte sie die schwere Metalltür auf und sah sich um. Die Katze lag, apathisch zusammengerollt, auf der schmuddeligen Decke und blinzelte sie traurig an.

»Oh, Sternchen, was haben sie mit dir gemacht? Komm, schnell hier raus.«

Bettina beugte sich vor und hob die Katze liebevoll hoch, vorbei sie die ganze Zeit beruhigende Sätze murmelte.

Mit der Katze auf dem Arm war es ihr allerdings nicht möglich, die Tür leise hinter sich zu schließen. Sie fiel mit einem lauten Klappen zu, und Bertram stürzte aus seinem Zimmer.

»He, laß die Katze hier, wir brauchen sie noch!«

»Ihr Idioten habt sie eingesperrt!« fauchte Bettina die Jungen an, und Sternchen zappelte in ihren Armen. Bertram wollte nach ihr greifen, Sternchen wand sich und sprang zu Boden. Wie ein Blitz war sie die Treppe hinaufgehuscht, Bettina rannte ihr hinterher und wurde von Niklas rüde angerempelt.

Der Zufall wollte es, daß ein später Patient von Bettinas Vater soeben die Praxis betreten wollte und die Haustüre öffnete. Sternchen entwischte ins Freie. Bertram und seine Freunde konnten sich im letzten Moment noch bremsen, um den armen, von Zahnschmerzen geplagten Mann nicht umzurennen, dann waren sie auch schon hinter der Katze her. Ihnen folgte Bettina, in Hausschuhen und nur in einem dünnen Pullover. Die Rotgoldene sauste den Gartenweg hinunter, glitt durch dem Zaun hindurch und raste über die Straße. Ein roter Sportwagen hielt mit quietschenden Bremsen, und Bettina hätte vor Entsetzen beinahe aufgeschrieen. Auf der anderen Seite begrenzte eine hohe Mauer ein weiteres Grundstück, und Sternchen lief auf dem Bürgersteig weiter. Die drei Jungen nahmen die Verfolgung auf. Bettina stürzte ihnen nach. Plötzlich schoß eine schwarze Gestalt aus den Büschen hervor und warf sich vor die Füße der Verfolger. Niklas stolperte und riß Bertram beinahe zu Boden. Rambert fauchte wütend, doch dann trat Bertram den Kater so fest in die Rippen, daß er in die Hecke flog.

Bettina holte auf.

»Laßt meine Katze in Ruhe!« kreischte sie und stieß Erni, der sie packen wollte, kräftig in die Seite. Sternchen hatte einen guten Vorsprung erreicht und war langsamer geworden. Katzen sind zwar unheimlich schnell, aber lange halten sie das hohe Tempo nicht durch. Sie sah sich nach einem Versteck um, aber wieder fuhr ein Auto an ihr vorbei, genau durch eine Pfütze, und spritzte sie völlig naß. Angeekelt schüttelte sie sich und begann sich mitten auf dem Bürgersteig zu putzen.

»Sternchen!« rief Bettina und streckte die Arme nach ihr aus. Bertram gab ihr einen Stoß, und das Mädchen fiel auf die Knie.

»Du Mistkerl, du Ekel, du ...«

Sternchen hatte Schmutzwasser Schmutzwasser sein lassen und war wieder losgestürmt. Mit schmerzenden Knien lief Bettina hinter den Jungen und der Katze her. Zwei der unermüdlichen Jogger kamen ihnen entgegen, und sie mußten ausweichen. Bettina holte dadurch wieder auf und sah, wie Sternchen auf ein Gartenmäuerchen sprang.

»Da ist sie!« brüllte Erni und griff nach der Katze. Schmerzgebrüll war seine nächste Äußerung, dann betrachtete er seine zerkratzten Hände. Bettina lief an ihnen vorbei. Diesmal hatte sie Glück. Sie erwischte die Katze, kurz bevor sie auf einen Baum klettern wollte. Auch sie erhielt einen deftigen Krallenhieb, aber trotzdem drückte sie Sternchen, so fest es ging, an ihre Schulter und rannte weiter die Straße hinunter. Wohin sie wollte, wußte sie gar nicht, nur weg von Bertram und seinen Freunden. Da sah sie, daß der Stadtbus auf die Haltestelle zufuhr, und ihr kam eine Idee. Noch einmal strengte sie sich ungeheuer an. Mit einem Keuchen erreichte sie die offene Tür. Sie warf Sternchen in den Bus, doch ehe sie hinterherspringen konnte, schlossen sich die Türen. Bertram und die beiden anderen blieben neben ihr stehen. Ihre Gesichter waren von der Anstrengung und vor Zorn verzerrt.

Hinter dem Bus, der langsam aus der Haltebucht fuhr, hatte ein blauer Kleinwagen gehalten, und Bettina stürzte auf die Beifahrertür. Geistesgegenwärtig blieb die Fahrerin, die eben wieder Gas geben wollte, stehen.

»Bitte, können Sie mich bis zur nächsten Haltestelle mitnehmen? Meine Katze ist in dem Bus.«

»Ach herrje! Steig ein!«

Heftig atmend setzte sich Bettina auf den Beifahrersitz. »O danke. Das ist nett von Ihnen. Die Jungen wollten meine Katze fangen, und da ist mir nichts Besseres eingefallen ...«

»Die drei Jungen wollten sie fangen?«

»Ja, aber es ist meine Katze. Sie sperren sie im Heizungskeller ein.«

»Du blutest an der Schulter. Und besonders dick angezogen bist du auch nicht.«

»Nein. Aber ich hole Sternchen an der Haltestelle aus dem Bus und fahre mit dem nächsten gleich wieder nach Hause.«

»Es kann aber einige Zeit dauern, bis der nächste Bus kommt.«

»Das paßt schon. Da vorne ist es. Vielen, vielen Dank!«

Das Auto hielt kaum, da war Bettina auch schon draußen und rannte auf den Bus zu. Sie stieg ein und rief nach Sternchen. Der Bus war zum Glück nicht besonders voll. Eine alte Dame wies sie auf die unter einem Sitz kauernde Katze hin. Bettina bückte sich, um Sternchen darunter hervorzuholen, da gab es einen Ruck, und der Bus fuhr los. Die Katze landete zwar auf diese Weise in ihren Armen, aber Aussteigen war nun nicht mehr möglich. Mit einem resignierten Seufzer setzte Bettina sich auf einen leeren Platz. Die alte Dame lächelte ihr zu und sagte: »Ein wunderhübsches Kätzchen. Ist sie dir entwischt?«

»So ähnlich. Drei Jungen wollten sie einfangen. Ich wollte eigentlich auch in den Bus steigen, aber der Fahrer hat die Türen so schnell zugemacht.«

»Ja, manche Busfahrer sind sehr rücksichtslos. Nicht nur gegenüber Katzen, sondern auch bei alten Leuten. Mir ist schon oft genug einer vor der Nase weggefahren.«

»Wie gemein!«

Sternchen fing an zu zappeln, und Bettina mußte das Gespräch beenden, um die Katze wieder zu beruhigen. Außerdem wurde ihr auch peinlich bewußt, daß sie ihr Schülerticket nicht dabei hatte. Beim nächsten Halt wollte sie so unauffällig wie möglich wieder aussteigen.

»Mädchen, hör mal, so kann man aber eine Katze nicht transportieren!«

Ein ältlicher Herr im Anzug begann ihr belehrende Vorträge über den Transport von Katzen in öffentlichen Verkehrsmitteln zu halten. Bettina wurde in ihrem Sitz immer kleiner.

»Ich muß hier aussteigen. Lassen Sie mich bitte durch«, bat sie, als die nächste Haltestelle in Sicht kam. Doch das war nicht so einfach, denn der Busfahrer hatte sie beobachtet und stellte sie zur Rede.

»Ich hab' mein Ticket nicht dabei. Ich hab' auch kein Geld. Ich wollte doch bloß Sternchen retten. Kann ich nicht morgen bezahlen?«

Der Busfahrer blieb stur und erzählte etwas von Schwarzfahren und Anzeige.

Bettina war dem Weinen nahe. Noch einmal versuchte sie sein Verständnis zu wecken. Vergeblich! Bis schließlich die alte Dame eingriff.

»Da haben Sie das Geld für den Fahrschein!« sagte sie und reichte dem Fahrer das Geld mit einer derart verächtlichen Geste, daß der zusammenzuckte. »Spring raus, Mädchen. Wenn wir uns mal wiedersehen, kannst du mir das Geld ja zurückgeben.«

Bettina sandte ihr einen Blick glühender Dankbarkeit und stieg aus.

Es hatte wieder zu regnen begonnen, und sie fröstelte. Der Bus war in eine Richtung gefahren, die sie sonst nie nahm. Das Studium des Fahrplans war ebenfalls niederschmetternd. Der nächste Bus in die andere Richtung würde erst in einer Stunde ankommen. Sternchen, an Bettinas Schulter gelehnt, schnurrte tröstend in ihr rechtes Ohr, und so tat das Mädchen das, was im Augenblick am nächsten lag – sie suchte die von einem Dach geschützte Bank auf und setzte sich. Kalt war ihr zwar noch immer, aber hier war es wenigstens trocken, und ein bißchen Wärme spendete ihr die Katze, die nun ihre beiden dicken Pfoten um ihren Hals legte. Bettina versank in eine träumerische Stimmung, nachdem die Anspannung der Flucht nachgelassen hatte.

Doch lange währte ihre Ruhe nicht.

»Da ist sie!« schrie eine bekannte Stimme. Auf ihren Rädern kamen Niklas und Erni angerast. Obwohl es beinahe aussichtslos war, ihnen zu entkommen, sprang Bettina auf und lief die Straße entlang, die den Berg hinaufführte. Das war einerseits eine recht gute Entscheidung, denn die Straße war ziemlich befahren, daher mußten die beiden Jungen auf den Verkehr Rücksicht nehmen. Doch das Laufen strengte Bettina ungeheuer an. Keuchend erklomm sie Meter für Meter, ihre Verfolger immer dichter auf ihren Fersen. Dann war es soweit. Niklas war an ihrer Seite, überholte sie, warf das Rad vor sie auf den Bürgersteig und stellte sich drohend vor sie hin. Erni versperrte hinter ihr den Weg.

Verzweiflung packte Bettina. Mit einem energischen Schwung warf sie Sternchen über das Gartenmäuerchen neben sich. Dabei bekam sie unabsichtlich noch einen langen Kratzer im Gesicht ab.

»Lauf, Sternchen! Lauf!« rief sie und sah dann die Jungen an.

»Du kleines Miststück!« keifte Niklas und boxte sie in den Magen. Bettina krümmte sich. Der nächste Schlag traf sie an der Schläfe, und von hinten erhielt sie einen bösen Tritt in die Kniekehlen. Sie fiel auf den Boden.

Das Auto, das abrupt anhielt, bemerkte sie nicht, doch ein nächster Angriff blieb wundersamerweise aus. Als Bettina hochschaute, sah sie, daß die Frau, die sie vor kurzem mitgenommen hatte, Erni eine herzhafte Ohrfeige verpaßte.

»Steig in das Auto, Mädchen!« befahl die Frau dann. Bettina kroch zur Beifahrertür und zog sich mühsam in das Fahrzeug. Sie bekam nicht mit, was die Frau zu den beiden Jungen sagte, aber es schien eine derart niederschmetternde Rede zu sein, daß die beiden mehr und mehr vor ihr zurückwichen und in überstürzter Flucht das Weite suchten.

8. Kapitel
Hilfe aus der Nachbarschaft

Dann war die Frau wieder neben ihr. »Wo ist dein Kätzchen?«

»Hab' sie in den Garten geworfen!« sagte Bettina mit letzter Kraft und brach dann in ein hemmungsloses Schluchzen aus. Ein Arm legte sich um ihre Schultern, und ihr Kopf wurde an eine warme, weiche Weste gezogen. Sanfte Hände streichelten ihr Haar, und tröstende Worte wurden in ihr Ohr gemurmelt. Ganz allmählich löste sich die Verkrampfung, die Bettina gepackt hatte, und sie begann zu verstehen, was ihr gesagt wurde.

»Schon gut, Kleine«, sagte die unbekannte Frau. »Das Kätzchen wird schon keinen Schaden erlitten haben. Wir werden es nachher suchen. Im Moment wird es sowieso viel zu verschreckt sein und auch auf das eindringlichste Rufen nicht herauskommen. Ich kenne mich da aus. Ich habe selbst einmal einen Kater gehabt. Wir fahren jetzt erst einmal zu mir nach Hause und verarzten deine Blessuren. Ich wohne nur ein paar Häuser weiter. Einverstanden?«

»Ja!«

»Ich heiße Alina, und du?«

»Bettina!« schluchzte das Mädchen.

Es waren wirklich nur wenige Meter, bis Alina anhielt und Bettina aus dem Wagen half. Das Mädchen sah schrecklich aus, ihre rechte Schulter war blutig, der Pullover zerrissen, ihr Gesicht mit Blut und Tränen verschmiert, die Jeans naß und schmutzig, und die schwarzen Haare klebten ihr am Kopf.

»Du ziehst am besten die Sachen aus und nimmst eine heiße Dusche. Ich gebe dir etwas von mir zum Anziehen. Das wird ein bißchen groß sein, aber Schönheitswettbewerbe wollen wir heute ja nicht mehr gewinnen, nicht wahr?«

Fügsam ließ sich Bettina ins Bad begleiten, beim Ausziehen helfen und nach der Dusche in ein großes, weiches Handtuch hüllen.

»Schon viel besser! Jetzt klapperst du nicht mehr so mit den Zähnen. Allzu schlimm sehen die Kratzer auch nicht aus. Tun es sehr weh?«

»Es brennt ein bißchen, aber das war nicht Sternchens Schuld. Sternchen kratzt nie!«

»Nein, natürlich kann die Katze nichts dafür. Sie wollte sich ja nur festhalten. Es war sehr mutig von dir, sie fortlaufen zu lassen.«

Wieder stiegen Bettina die Tränen in die Augen. »Aber es ist so naß und kalt draußen. Und sie hat schon so lange nichts mehr zu fressen gekriegt ...«

»Meine Süße, deine Katze ist für dieses Wetter viel besser angezogen als du. Sie hat schließlich einen schönen, dicken Pelzmantel an. Und was das Fressen anbelangt – sie wird in den Gärten schon noch die eine oder andere Maus finden. Katzen sind sehr selbständig. Mein Kater hat so viele Mäuse gefangen, daß er oft noch eine für mich mitgebracht hat.«

Bettina schluckte ihre Tränen hinunter und fragte: »Wo ist Ihr Kater?«

»Er ist im März gestorben. Er war schon sehr alt, aber ich denke oft an ihn.«

»Warum haben Sie keine neue Katze?«

»Weil ich erst vor einem halben Jahr hier hingezogen bin und noch keine Zeit gefunden habe, mich darum zu kümmern. Doch im neuen Jahr will ich ins Tierheim gehen und schauen, ob sich eine entschließen kann, zu mir zu kommen.«

Alina hatte die Kratzer desinfiziert und Bettina ein dickes Sweatshirt gegeben. Die Jeans mußten sie mehrmals umschlagen und mit einem Gürtel in der Taille zusammenhalten.

»Ich koche uns jetzt einen Früchtetee mit Honig. Den haben wir uns verdient und den Stollen dazu auch!«

Tee, Kuchen und ein Päckchen Taschentücher bewirkten ein kleines Wunder an Bettina. Endlich war sie in der Lage, ihre Geschichte zu erzählen. Allerdings erwähnte sie die geheimnisvollen Kräfte nicht, die Sternchen besaß. Nie wieder würde sie so vertrauensvoll über derartige Dinge reden.

»Dein Papa mag also keine Katzen?«

»Er mag sie vielleicht schon, aber er will sie nicht im Haus haben. Wegen der Hü... Hügniäne. Er sagt, Katzen sind schmutzig. Aber das ist nicht wahr!«

»Wegen der Hygiene, nun, das kann ich bei einem Zahnarzt schon verstehen. Aber schmutzig sind Katzen wirklich nicht. Solange sie nicht in seinem Behandlungszimmer herumstromert, könnte er sie durchaus im Haus dulden. Vielleicht sollten wir deinen Vater überhaupt mal anrufen und ihm sagen, daß du hier bei mir bist. Es ist schon beinahe vier

Uhr, und ich könnte mir denken, daß er sich Sorgen macht.«

»Soll er doch! Ich habe mir auch Sorgen um Sternchen gemacht. Drei Tage lang! Und jetzt schon wieder.«

»Na, dann weißt du ja, wie sich das anfühlt. Komm, sag mir deine Telefonnummer.«

Trotzig schüttelte Bettina den Kopf.

»Na, ein wenig ungerecht bist du schon. Es waren die Jungen, die Sternchen eingesperrt und dich verfolgt haben, nicht dein Papa.«

»Wenn er ...«

»Bettina!« Alinas Stimme konnte sehr gebietend klingen, und plötzlich nahm das Mädchen auch wahr, daß ihre grünen Augen durchaus in der Lage waren, kühl und ernst zu funkeln.

»Schon gut!« gab sie nach und nannte die Nummer.

Alina ging in das Nebenzimmer, schloß die Tür hinter sich und führte das Telefonat. Es dauerte länger, als Bettina erwartet hatte, und da sie zwar ein neugieriges, aber auch wohlerzogenes Mädchen war, lauschte sie nicht an der Tür. Dafür sah sie sich im Wohnzimmer um. Es war hell und recht einfach eingerichtet, trotzdem gab es viel zu sehen. Die Figuren auf einer Kommode zogen sie besonders an. Katzen aus unterschiedlichen Materialien standen da. Eine kleine Holzkatze hätte sie beinahe gestreichelt, so sehr wirkte die Maserung wie ein echtes Fell. Die gekringelte Porzellankatze fand sie zwar niedlich, aber ihren Gesichtsausdruck ein wenig zu süßlich, eine andere aus Ton zu verspielt. Die Bronzekatze war ihr zu stark stilisiert, auch wenn sie irgendwie sehr wie ein Raubtier aussah. Die ganz kleine Katze aus Jade gefiel ihr da schon besser. Mehr als alle anderen aber faszinierten Bettina die beiden schwarzen Marmorgestalten, die aufrecht und majestätisch nebeneinander standen. Hoheitsvoll blickten sie auf das Mädchen hinunter. Geschmückt war die eine Katze mit einem goldenen Halsband, die andere trug einen goldenen Ring im Ohr.

»So, das wäre erledigt, Bettina!« sagte Alina, als sie wieder ins Zimmer kam. »Ich bringe dich nach Hause, und morgen früh hole ich dich gleich wieder ab, und wir machen uns auf die Suche nach Sternchen. Einverstanden?«

»Können wir nicht gleich ...«

»Es ist schon dunkel, und für eine längere Suche bist du nicht richtig angezogen. Willst du barfuß durch die Gärten laufen?«

»Ich kann mich zu Hause umziehen und wieder mitkommen.«

»Ich verspreche dir, daß ich nachher noch einmal die Straße auf und ab gehen werde und nach Sternchen rufe. Wenn ich sie finde, kann sie gerne über Nacht bei mir bleiben.«

»Und wenn Niklas und Erni zurückkommen?«

»Nein, die beiden werden sich in dieser Gegend nicht mehr blicken lassen.«

Endlich ließ sich Bettina überreden, und kurz darauf nahm sie ihr Vater erleichtert in Empfang.

Während Bettina sich umzog, um Alina ihre geliehenen Kleider zurückzugeben, führten die beiden Erwachsenen noch ein sehr ernsthaftes Gespräch, das zur Folge hatte, daß Marius seiner Tochter jeglichen Vorwurf ersparte, Frau

Schindler und ihr Sohn jedoch ein heftiges Donnerwetter über sich ergehen lassen mußten. Die Eltern von Niklas und Erni erhielten anschließend einen Anruf, den sie auch nicht so schnell vergaßen.

Bettina bekam allerdings davon nichts mit. Sie bemerkte lediglich, daß Frau Schindler recht verschnupft das Abendessen servierte und von Bertram nichts zu sehen war. Obwohl ihr Vater ihr keine Fragen stellte und keine Vorhaltungen machte, war auch zwischen ihnen beiden die Stimmung nicht sonderlich gut, und Bettina verschwand, ohne an dem Ritual des Vorlesens teilzunehmen, bald in ihrem Zimmer. Natürlich stellte sie aber für Rambert etwas Futter bereit.

Rambert jedoch war nicht in der Lage, seine Portion abzuholen. Sein heldenmütiger Einsatz, um Sternchen die Flucht zu ermöglichen, hatte ihm einen kräftigen Tritt in die Rippen eingebracht. Von Schmerzen gepeinigt, lag er unter den Büschen, zu denen er sich noch hingeschleppt hatte. Wie alle verletzten Tiere versteckte er sich vor den Blicken der Welt und versetzte sich in einen Zustand des Halbschlafs, um seine Kräfte wiederzuerlangen. Doch immer wieder schreckte er auf und lauschte, ob nicht doch bald Bettina mit Sternchen oder Sternchen alleine zurückkehrte. Er hoffte inständig, daß es ihr gelungen war, den gräßlichen Menschenjungen zu entkommen.

Dann, als es dunkel geworden war, sah er, daß Bettina ohne Sternchen nach Hause gebracht wurde, und war nahe daran, jegliche Hoffnung zu verlieren. Schließlich aber sank er in einen tieferen Schlaf, in dem er auch seinen schmerzen-den Körper vergessen konnte. Seltsame Träume schwebten durch diesen Schlaf – Träume, in denen eine große, majestätische Katze eine Rolle spielte, die hoheitsvoll auf ihn herabblickte.

9. Kapitel
Gefangen

Sternchen war weich gelandet – in einem Komposthaufen. Den Schrei: »Lauf, Sternchen! Lauf!« befolgte sie gerne, denn die ganze Aufregung war ihr zuwider. Sie raste durch den herbstkahlen Garten, wäre beinahe in einen mit Blättern bedeckten Teich gefallen und rutschte über glitschiges Laub bis fast vor eine Hundehütte, deren Bewohner sie empört anknurrte. Dann hastete sie über einen Jägerzaun und stand wieder an einem Straßenrand. Diese unangenehm riechenden Wesen mit den großen glühenden Augen, die nicht zu sehen imstande waren, erschienen ihr unheimlich. Sie waren so schnell; kaum hörte man sie, waren sie schon da. Und sie waren absolut und total rücksichtslos. Wieder einmal konnte die Katze sich nur im letzten Moment durch einen gewaltigen Sprung auf ein parkendes Auto davor retten, vollkommen naß gespritzt zu werden.

Immerhin gab ihr die etwas erhöhte Lage von dem Autodach aus die Möglichkeit, sich ein wenig zu orientieren. Ihre Menschenfreundin war nicht zu sehen, sie mußte sich auf der anderen Seite des Gartens befinden. Wahrscheinlich war es im Augenblick auch besser, ihr nicht zu nahe zu kommen, denn diesen Jungen, die hinter ihr her waren, wollte sie nicht mehr in die Hände geraten. Die Stunden im Heizungskeller hatten Sternchen überhaupt nicht gefallen, und die Wünsche, die diese jungen Menschen hatten, waren für sie nur mit großer Anstrengung zu erfüllen. Also war es wohl am besten, sich eine Weile unsichtbar zu machen und zu warten, bis Bettina wieder auftauchte, um sie nach Hause zu bringen. Daß die kleine Menschin das tun würde, sobald die Luft rein war, daran bestand für Sternchen überhaupt kein Zweifel. Um dem Ruf möglichst schnell folgen zu können, beschloß sie also, wie übrigens alle Katzen, die verlorengehen, ganz in der Nähe des Ortes auszuharren, an dem sie das letzte Mal mit ihrem Menschen zusammen war. Und das war in der Nähe des Komposthaufens.

Keine ungeschickte Entscheidung. Dieser moderig riechende Haufen beherbergte in seinem Umfeld auch einige Mäuse, die Sternchen als Abendessen dienten. Außerdem war der Platz einigermaßen trocken, denn eine Tanne mit weit ausladenden Zweigen bot ihr an ihrem Stamm ein weiches Lager aus heruntergefallenen Nadeln. Die Dämmerung sank herab. Sternchen wappnete sich mit Geduld und begann ein wenig vor sich hinzudösen, ohne wirklich tief einzuschlafen.

Plötzlich jedoch schreckte ein Schäferhund sie auf, der, von seiner Leine befreit, die Erlaubnis bekommen hatte, den Garten zu durchstöbern. Er witterte die Katze, und da er in seinem Leben schon einige schlechte Erfahrungen mit scharfen Krallen gemacht hatte, stand er diesen kleineren, aber ungemein gefährlichen und hinterhältigen Geschöpfen ausgesprochen feindselig gegenüber. Sternchen witterte die Gefahr im letzten Augenblick, und eine wilde und lautstarke Hetzjagd durch den großen Garten begann. Zumindest war der Hund zu gut erzogen, um ihr über den Zaun zu den Nachbarn zu folgen. Er blieb, frustriert kläffend, an seiner Reviergrenze stehen.

Doch in Sicherheit war die Himmelskatze damit noch nicht. Auch auf dem nächsten Grundstück drohte Gefahr. Der Hund hier war zwar deutlich kleiner, aber von einem unbändigen Jagdtrieb beseelt. Er sah es als seine Aufgabe an, alles, was sich in seiner Sichtweite bewegte, zu verfolgen. So landete Sternchen wieder auf der Straße, wurde dort von einem knatternden Motorrad erschreckt und fand ihre Zuflucht in einer offenen Garage, wo sie sich unter einem Auto versteckte.

Doch kaum hatte sie sich zusammengeduckt, wurde auch schon das Tor geschlossen. Vor der Garage wurden Abschiedsworte gerufen, Autotüren klappten, ein Wagen startete, fuhr an und entfernte sich.

Stille umgab Sternchen, als die Dunkelheit tiefer und tiefer wurde.

Irgendwann begann sie ihre Umgebung zu erkunden, da sich offensichtlich keine weiteren Feinde zu zeigen wagten. Es war keine nette Umgebung, und wenn sie es recht betrachtete, war es hier sogar noch schlimmer als im Heizungskeller. Der Betonboden war unangenehm kalt, und das Auto roch widerwärtig und hatte zudem ein paar Tropfen Öl verloren, in die sie hineingetreten war. Auch ihr Fell hatte von dieser üblen Flüssigkeit etwas abbekommen. Das Putzen war damit richtig ekelig geworden. Sternchen beließ die schwarzen, klebrigen Flecken auf dem Rücken. Im übrigen fanden sich dann noch ein paar staubige Spinnweben in den Ecken, das Skelett einer verhungerten Maus, drei Asseln, die sich wenig gesellig zeigten, und vier Winterreifen, die schlichtweg stanken. Das metallene Tor war verschlossen, und kein Kratzen an dem kühlen Blech konnte auch nur eine leichte Spur hinterlassen. Wenn man auf das Autodach sprang, erreichte man einen schmalen Sims, der zu einem schmutzig blinden Fensterchen gehörte. Der Ausblick war ebenfalls nicht berauschend, eine efeubewachsene Hauswand war alles, was man betrachten konnte. Unglücklich mußte Sternchen sich zugeben, daß sie in eine Falle geraten war, aus der es ohne menschliche Hilfe kein Entkommen gab. Menschliche Hilfe war aber weit und breit nicht in Sicht. Immerhin, es war Nacht, und nachts pflegten die Menschen zu schlafen. Vielleicht wenn der Morgen graute.

Sternchen rollte sich in einer Ecke zusammen und wärmte sich mit ihrem eigenen Fell.

Als es heller wurde, gab es auch wieder Geräusche. Fahrende Autos, bellende Hunde, klappernde Rolläden, menschliche Stimmen. Sternchen kratzte an der Tür und heulte, so laut es ging. Ein sinnloses Unterfangen, wie sie nach einiger Zeit feststellte. Zu allem Überfluß hatte sie einen bohrenden Hunger. Sie beschnüffelte hoffnungsvoll das Mäuseskelett, aber daran war nichts mehr zu nagen. Freunde oder Verwandte schien die Maus in der Garage auch nicht mehr zu haben. Die Asseln stillten noch nicht einmal den ersten Hunger. Aber wenigstens tropfte der Wasserhahn in der Ecke langsam, aber beständig. Sternchen fing die Tropfen mit der Pfote auf und leckte sie dann ab. Etwas gestärkt, hüpfte sie noch einmal auf die Fensterbank und krakeelte, was das Zeug hielt. Es erfolgte keinerlei Reaktion.

Der Tag versank wieder in der Dämmerung, die Welt wurde still. Hungrig und unglücklich rollte die Himmelskatze sich zusammen und versuchte, so wenig Energie wie möglich zu verbrauchen.

Am nächsten Morgen, einem Montag, schleppte sie sich träge zu der Wasserquelle hin und trank ein paar Tropfen. Sie lauschte mit aufmerksamen aufgestellten Ohren auf jeden Laut, der zu ihr hineindrang. Irgendwann vermeinte sie, daß jemand ihren Namen rief, aber es war nicht Bettinas Stimme, die da erklang. Dennoch kratzte und trommelte die Katze mit ihren dicken Pfoten heftig an das Metalltor. Die Ruferin entfernte sich wieder. Mit traurig hängendem Schwanz verzog Sternchen sich wieder in ihre Ecke. Sie fühlte sich schlapp und ausgehungert. Trübe versank sie in ihren Dämmerschlaf.

Der Tag und die folgende Nacht zogen ereignislos an ihr vorbei.

Der Dienstag brach an. Mühsam kroch die inzwischen sehr struppig und mager gewordene Katze zu dem Wasserhahn, um ein paar Tropfen zu lecken. Zum Kratzen und Rufen aber fehlte ihr bereits die Kraft.

10. Kapitel
Eine schlimme Verzögerung

Bettina war an jenem Samstag früh zu Bett gegangen. Aber einschlafen konnte sie lange nicht, obwohl sie sich zerschlagen und erschöpft fühlte. Sie sorgte sich trotz Alinas Versicherung, daß Sternchen gut im Freien zurechtkommen würde, sehr um die Katze. Wo mochte sie sich verkrochen haben? Ob sie wirklich in der Lage war, sich ein paar Mäuse zu fangen? Ob sie fror? Hoffentlich hatte sie sich nicht verletzt, als sie in dem Garten landete. Und vor allem – was würde sie, Bettina, machen, wenn sie Sternchen wirklich wiederfand?

Ihr Vater mochte ja kein Wort des Vorwurfs verloren haben, aber er hatte auch nicht gesagt, daß sie die Katze behalten dürfte. Vielleicht würde Alina sie nehmen. Ja, Alina würde die Rotgoldene bestimmt bei sich aufnehmen, sie wollte ja wieder mit einer Katze zusammen leben. Aber – und bei dieser Überlegung schnürte sich Bettinas Kehle zu – eigentlich wollte sie selbst Sternchen bei sich haben. Es lag ihr nichts an den Wünschen, die diese seltsame Katze erfüllen konnte. Nein, sie wollte das Tier als eine verständige, sanfte Freundin um sich haben. Wenn ihre Mama noch leben würde, dachte Bettina wehmütig, hätte sie ihren Vater bestimmt überzeugt. Sie hatte als Kind auch Katzen gehabt, wie sie von ihrer Großmutter wußte.

Plötzlich überkamen Bettina ganz wilde Phantasien. Sie

plante, mit Sternchen auszureißen, sich in den Zug zu setzen und zur Großmutter zu ziehen. Irgendwann mitten in der Szene, wie sie dort beide mit offenen Armen empfangen wurden, übermannte sie der Schlaf. Doch seltsame Träume durchwebten diesen Schlaf. Träume, in denen eine große, majestätische Katze eine Rolle spielte, die hoheitsvoll auf sie herabblickte.

Als sie am Sonntag spät am Vormittag erwachte, fühlte sich Bettina einfach erbärmlich. Ihr ganzer Körper tat ihr weh, der Hals war zugeschwollen, und in ihrem Kopf hämmerte es. Die Unterkühlung und die Anstrengungen des letzten Tages forderten ihren Tribut. Auch wenn sie sich noch so sehr wünschte, Sternchen zu suchen, war es ihr unmöglich, die Energie dazu aufzubringen. Es war auch völlig nutzlos, sich gegen ihren Vater durchzusetzen, der ihr strenge Bettruhe verordnete. Immerhin durfte sie mit Alina telefonieren, die ihr mit großem Bedauern mitteilen mußte, daß sie am Vorabend Sternchen nicht mehr gefunden hatte. Mit krächzender Stimme flehte Bettina sie an, weiter nach der Katze zu suchen. Alina versprach es ihr.

Am Montag ging es Bettina zwar wieder etwas besser, aber die Suche konnte sie noch nicht selbst aufnehmen, sondern mußte auf Alina vertrauen. Voll Sorge strich das Mädchen durch das Haus, fing ein Klavierstück an, hörte mitten darin auf, suchte ihre Malutensilien zusammen, aber brachte nicht einmal ein paar Striche zu Papier. Sie nahm sich ihr Lieblingsbuch vor und verlor nach zwei Seiten wieder die Lust daran. Als sie bei ihrer Freundin anrief, erfuhr sie, daß die zu ihren Großeltern gefahren war. Bettina setzte sich vor den

Fernseher und geriet in eine Sendung, die sich mit ausgesetzten und mißhandelten Katzen beschäftigte, was ihr die Tränen in die Augen trieb. Ihr Vater brachte ihr am Nachmittag zwei noch warme Apfelberliner ins Zimmer und wunderte sich, daß seine Tochter diese Leckerei mit heftiger Ablehnung betrachtete.

»Was ist denn, Mäuschen? Die Berliner magst du sonst doch so gerne!«

»Jetzt eben nicht mehr. Und nenn mich nicht immer Mäuschen.«

»Na schön, dann esse ich sie eben. Aber warum darf ich dich nicht Mäuschen nennen? Es ist doch nicht böse gemeint, Bettina.«

»Das erinnert mich an mein Kätzchen«, sagte sie und schluchzte leise auf.

Marius war sich durchaus darüber im klaren, daß Bettina unter mehr als einer Erkältung litt. Der häßliche Angriff der Jungen war ein ziemlicher Schock für sie gewesen. Für ihn allerdings auch, und er hatte sichergestellt, daß diese Burschen sein Haus nicht mehr betreten würden. Er war dieser fremden Frau ungemein dankbar, daß sie so mutig eingegriffen hatte. Ein solches Verhalten war bei weitem nicht selbstverständlich. Marius war bereit, ihr mehr als nur großen Dank abzustatten. Aber sie hatte nichts davon hören wollen, sondern ihm nur besonders eindringlich nahegelegt, Bettina zu erlauben, die Katze aufzunehmen. Inzwischen war er sogar geneigt nachzugeben, aber das Problem hatte sich ja anscheinend auf andere Weise gelöst.

»Bettina, die Katze ist bestimmt inzwischen zu einer anderen netten Familie gezogen. Du weißt doch, Katzen hängen nicht so wie Hunde an einem Menschen. Sie gehen dorthin, wo sie es gemütlich haben.«

»Was für ein Quatsch!« fuhr Bettina auf. »Natürlich hängen Katzen an ihren Menschen. Sternchen hat mich liebgehabt. Und jetzt ist sie irgendwo ganz alleine und weiß nicht, wie sie mich wiederfinden soll. Vielleicht ist sie verletzt oder überfahren worden ...«

Tränen liefen ihr über die Wangen. Ihr Vater versuchte sie tröstend in den Arm zu nehmen, doch sie wehrte sich.

»Ach, wenn doch Mama noch bei mir wäre!« murmelte sie leise. »Sie würde mich verstehen.«

Diese Worte trafen Marius zutiefst. Bettina war einmal ein fröhliches, manchmal übermütiges Mädchen gewesen. Nach dem Tod ihrer Mutter hatte sie sich jedoch verändert. Viel geweint und nach ihr gefragt hatte sie seltsamerweise nie, aber sie war verschlossener, in sich gekehrter geworden. Wie sehr sie ihre Mutter immer noch vermißte, war ihm aber nie so deutlich geworden.

»Meine Kleine, Bettina, wenn dir denn so viel daran liegt, ein Kätzchen zu haben, dann werden wir morgen eines kaufen.«

»Ich will kein gekauftes Kätzchen. Ich will Sternchen. Und Rambert!«

»Lieber Himmel, wer ist Rambert? Muß ich den auch kennen?«

»Natürlich kennst du den. Du scheuchst ihn doch immer weg, wenn er in den Garten kommt!«

Die Tränen waren versiegt, und Bettina zog wieder in den Kampf!

»Der Streuner heißt Rambert?«

»Ich hab' ihn so genannt. Er hat nichts dagegen.«

»Mir scheint, du führst ein reges Doppelleben, Bettina. Also, meinetwegen dulde ich auch Rambert im Garten.«

Marius lächelte dabei ein wenig, und daher fand Bettina den Mut, sich ihm weiter anzuvertrauen.

»Rambert kommt nicht mehr. Er ist auch weg. Ich glaube, er ist tot. Er ist Bertram vor die Füße gesprungen, als sie Sternchen und mich gejagt haben. Sie haben ihn böse getreten!«

»Vielleicht traut er sich deshalb nicht mehr in unseren Garten?«

»Bertram hat ihn auch schon vorher gepiesackt. Und er kam trotzdem. Aber seit Samstag holt er sich noch nicht einmal mehr sein Futter!«

Bettina hatte die Handballen vor die Augen gedrückt und versuchte ihre Stimme unter Kontrolle zu behalten.

»Futter? Wer füttert ihn denn?« fragte ihr Vater, obschon er sich die Antwort denken konnte.

»Ich.«

»Und womit, bitte?«

»Mit Katzenfutter natürlich. Hab's von meinem Taschengeld gekauft!« murmelte Bettina kläglich, denn sie log nicht gerne. Aber die Wahrheit konnte sie wirklich nicht preisgeben.

»Welche Verschwörungen hinter meinem Rücken – Rambert, Sternchen und meine Tochter. Was machen wir denn jetzt nur, Mäus... Bettina?«

»Laß mich Sternchen suchen. Ich hab' doch Ferien, und krank bin ich auch nicht mehr.«

»Doch, du bist noch krank. Zumindest heute solltest du

noch zu Hause bleiben. Aber ruf doch deine neue Freundin Alina an, und frage sie, ob sie morgen Zeit hat, mit dir noch einmal die ganze Gegend abzusuchen. Sie kennt sich bestimmt in der Nachbarschaft besser aus. Vielleicht hat dort wirklich jemand dein Sternchen aufgenommen, und dann kannst du sie meinetwegen behalten.«

»Darf ich das wirklich, Papa?«

Es hatte sich ein solches Strahlen über Bettinas Gesicht ausgebreitet, daß Marius alle Selbstbeherrschung aufbringen mußte, seine Tochter nicht heftig an die Brust zu ziehen. Aber sie war ja so distanziert und abweisend geworden, daß er sich eine solche Annäherung nicht traute.

»Ja, das darfst du.«

»Dann darfst du auch wieder Mäuschen zu mir sagen!« erwiderte Bettina und kuschelte sich an seine Schulter. Für einen kleinen Moment lang war sie wieder glücklich. Aber dann, nachdem sie mit Alina gesprochen hatte, die ihr versprach, am nächsten Tag die Gegend noch einmal zu durchkämmen, wurde sie wieder nachdenklich. Selbst wenn sie Sternchen lebend wiederfanden, in ein Haus, in dem auch Bertram wohnte, der das Geheimnis der Katze kannte, konnte und wollte Bettina die Rotgoldene nicht bringen.

11. Kapitel
Ein Wiedersehen

Alina hatte erst am frühen Nachmittag Zeit, weil sie noch dringend Einkäufe erledigen mußte. Aber als Bettina um zwei vor ihrer Tür stand, hatte sie schon ihre dicke Weste griffbereit. Sie begrüßte das Mädchen mit großer Freundlichkeit, mußte aber eine mitfühlende Bemerkung unterdrücken. Besonders blühend sah Bettina noch nicht aus.

»Ich habe bei meinen Vermietern schon nachgefragt, ob jemandem eine Katze zugelaufen ist. Sie wohnen schon länger hier und reden mit den Nachbarn häufiger als ich. Aber bisher hat niemand etwas gehört. Ich denke, wenn sie sich hier versteckt hält, wird sie auf deine Stimme noch am ehesten hören.«

»Glauben Sie, daß Sternchen noch lebt?«

»Bettina, ich weiß es nicht. Zumindest hier auf der Straße wurde keine Katze überfahren, wenn dich das tröstet.«

»Nein.«

»Das dachte ich mir. So, hier war doch wohl die Stelle, wo du sie weggeschickt hast!«

Alina und Bettina waren an der Gartenmauer angelangt, und das Mädchen beugte sich hinüber, um erst mit leiser, dann mit immer lauterer Stimme Sternchens Namen zu rufen.

Hundebellen antwortete ihr.

»O nein! Wenn der Hund sie erwischt hat!«

Alina schüttelte den Kopf: »Glaube ich nicht. Friedrich, so heißt der Hund, ist normalerweise an seiner Hütte angeleint. Da hätte Sternchen sich schon an seinem Futternapf vergreifen müssen, um in Gefahr zu geraten.«

»Na gut. Aber im Garten scheint sie nicht zu sein. Ob die Leute sie vielleicht reingenommen haben?«

»Die noblen von Girzen? Nie und nimmer. Die lassen ja auch den Hund nicht ins Haus. Der arme Kerl liegt bei Sturm und Eis, Sonnenglut und Regen draußen in seiner Hütte.«

»Na, dann sind das auch keine Katzenfreunde.«

»Darauf kannst du dich verlassen. Aber der Garten grenzt an das obere Haus. Versuchen wir es dort.«

Bettina hatte noch nicht einmal »Sternchen« gerufen, da war der aufgeregte Cockerspaniel schon am Zaun und kläffte sie hysterisch an.

»Vergiß es!« meinte Alina, und Bettina nickte.

Sie wanderten die Straße hinauf und anschließend noch einmal hinunter. Wieder und wieder rief und lockte Bettina in allen Stimmlagen, aber kein Maunzen antwortete, kein rotgoldener Pelz tauchte auf. Die Hoffnungslosigkeit umfing das Mädchen wie eine dunkle Wolke. Alina bemerkte es und drückte sie tröstend an sich.

»Es gibt noch eine Möglichkeit. Sternchen kann durch die Gärten auch zur Parallelstraße gelaufen sein. Dort werden wir auch noch mal suchen. Komm, bist du kräftig genug für einen längeren Spaziergang? Wir müssen ganz um den Block gehen.«

»Ja, ist schon in Ordnung.«

Sie setzten sich in Bewegung, und wie der Zufall es wollte, blieb Bettina noch einmal genau dort stehen, wo sie Sternchen zuletzt gesehen hatte. Verzweifelt rief sie nach ihr.

Und dann stutzte sie und lauschte. Ihr Gesicht war vor Konzentration ganz angespannt.

»Sternchen?« rief sie lauter und lauschte noch angestrengter. Langsam ging sie in Richtung Garageneinfahrt des Hauses.

»Sternchen!«

Alina beobachtete das Mädchen und lauschte ebenfalls. Konnte es sein? Oder trog sie irgendein anderes Geräusch. Sie verwünschte die fleißige Hausfrau mit ihrem Staubsauger, den Autofahrer, der aufheulend Gas gab, und selbst den aufgeschreckten Vogel, der protestierend schnatterte. Da war – vielleicht, ganz vielleicht – ein leises Katzenmaunzen zu hören.

Bettina hatte ein noch feineres Gehör, das durch Sorge und Liebe geschärft sein mochte. Sie ging immer zielstrebiger auf die Garage zu.

»Sternchen!« rief sie, und nun war auch Alina klar, daß sie zumindest ein Geschöpf gefunden hatten, das in der Garage eingesperrt war und auf Befreiung hoffte. Denn es kratzte jemand an dem Garagentor und gab jammernde Laute von sich.

»Sie ist da drin!« Aufgeregt kniete Bettina nieder und rief noch einmal Sternchens Namen. Ganz deutlich kam eine Antwort aus der Garage.

»Da ist ein Fenster an der Seite. Wir sollten versuchen, da durchzuschauen«, schlug Alina vor.

»Ja, aber der Zaun ...«

»Zäune sind da, um drüberzuklettern!« stellte Alina lakonisch fest, und das erste Lachen seit Tagen entschlüpfte Bettina. Alina hatte lange Beine, so daß der Holzzaun kein ernsthaftes Hindernis für sie war. Sie stand gleich darauf an dem Fensterchen, klopfte daran und gab Bettina Nachricht.

»Ich kann nur ein Auto sehen, aber, nein ... Himmel, ich glaube, wir haben sie wirklich gefunden! Da ist ein Kätzchen!«

Alina kam zurück. Zweifelnd betrachtete sie die heruntergelassenen Rolläden und die Wurfsendungen, die den Briefkasten füllten. »Wir müssen die Leute bitten, uns in die Garage zu lassen. Ich hoffe, es ist jemand zu Hause.«

Sie klingelte, aber es rührte sich niemand. Bettina zitterte schon wieder vor Ungeduld.

»Was machen wir denn jetzt?«

»Die Nachbarn fragen!«

Bevor sie an dem Nebenhaus klingeln konnten, erhielten sie unaufgefordert Antwort.

»Die sind über Weihnachten nach Spanien gefahren. Machen sie jedes Jahr!« krächzte eine alte Stimme, die zu einer Frau gehörte, die auf einem geblümt gemusterten Kissen über die Fensterbank gelehnt lag und Spitzeldienste für die gesamte Nachbarschaft ausübte.

»Oh, Alina!« Panik schwang in Bettinas Stimme mit. »Sternchen wird verhungern, wenn wir sie nicht herausholen.«

»Moment.« Alina wandte sich der Alten zu. »Wer versorgt den Haushalt?«

»Die Tochter, aber sie kommt erst am Freitag wieder.«

»Alina!« Bettina klammerte sich an den Arm ihrer Begleiterin. »Was können wir nur tun?«

»Ungewöhnliche Umstände, meine Süße, verlangen ungewöhnliche Maßnahmen. Lock deine Katze zum Garagentor. Ich werde versuchen, das Fenster zu öffnen. Es wird schon nicht mit einer Alarmanlage gesichert sein.«

Alina erntete einen Blick voller Bewunderung und Hoffnung und schwang ihre langen Beine noch einmal über den Zaun.

»Was machen Sie denn da?« wollte die krächzende Stimme herrisch wissen.

»Unsere Katze befreien!«

»Das können sie nicht tun, das ist ein Einbruch!« kommentierte die Alte genüßlich, doch Alina ignorierte sie mit größtem Gleichmut. Der verwitterte Fensterrahmen erwies sich als solider, als es den Anschein hatte, und nach kurzem, fruchtlosem Rütteln nahm Alina entschlossen einen Stein auf und schlug die Scheibe ein.

»Ich ruf die Polizei!« zeterte die krächzenden Stimme. »Das ist ja unglaublich!«

Alina überhörte die Alte weiterhin und bat statt dessen Bettina zu sich. »Ruf dein Sternchen. Mal sehen, ob sie es schafft, auf die Fensterbank zu kommen. Ansonsten mußt du wirklich einbrechen.«

Die Himmelskatze, die inzwischen ziemlich entkräftet war, mobilisierte ihre letzten Reserven und sprang auf das Auto und von dort auf den Sims. Bettina packte sie und zog sie in eine warme, schützende Umarmung. Sternchen legte dankbar ihre dicken Pfoten um den Hals des Mädchens und tat dann das, was Katzen nur in sehr seltenen Fällen machen: Sie streckte ihre Zunge heraus und bürstete mit großer Sorgfalt Bettinas Augenbrauen. Dabei mußte sie auch eine Menge salziger Tränen mit wegputzen. Bald darauf schlief sie mit einem leisen Schnurren ein. Die rosige Zunge hing dabei noch aus dem Mäulchen.

Alina hatte vorsorglich Katzenfutter besorgt und den Korb ihres alten Katers mit einer Decke ausgepolstert. Darin lag eine gute Stunde später Sternchen, gesättigt von Huhn in Gelee und einem Töpfchen Sahne, in tiefem Schlaf.

»Danke, Alina. Sie sind so nett zu mir und Sternchen.«

»Schon gut. Du weißt doch, ich hatte auch einen Kater. Ich kann sehr gut mit dir mitfühlen.«

»Hoffentlich ist sie nicht krank geworden.«

»Ich glaube nicht. Deine Katze braucht nur ausreichend Futter, Wasser und Wärme. Und ein Bad, fürchte ich. Sie ist entsetzlich schmutzig. Das Zeug da kriegt sie nicht alleine aus dem Fell.«

»Das wird ihr aber nicht gefallen.«

»Nun ja, das Leid wird nicht so schlimm sein wie die vergangenen vier Tage. Also schauen wir, was wir tun können. Zuerst bürsten wir sie mal.«

Gemeinsam bearbeiteten sie das rotgoldene, schlafende Pelzchen mit einer alten Haarbürste, worauf die Katze im Schlaf noch lauter schnurrte. Aber dann kamen sie zu den Öl- und Teerflecken, und Sternchen wachte auf und fauchte protestierend.

»So geht das nicht. Da wird auch Shampoo nicht helfen, da muß Terpentin her. Und wenn das nicht hilft, wird es wohl die Schere sein müssen.«

»O nein!«

»Ich habe ein Lösemittel im Keller. Warte einen Moment!«

Während Alina das Terpentin suchte, betrachtete Bettina wieder die faszinierenden Marmorkatzen. Sie waren außergewöhnlich sorgfältig gearbeitet, und es schien, daß die helle Zeichnung bei derjenigen, die den Ohrring trug, beinahe dieselbe Sternform auf ihrer Stirn bildete wie bei Sternchen die Fellzeichnung.

»Gefallen dir die Katzen?« fragte Alina, als sie das Mädchen vor der Kommode stehen sah.

»Nicht alle!«

»Und welche nicht?«

»Ich weiß nicht. Niedlich ist diese eine mit den goldenen Ohren, aber ich glaube, sie ist ein bißchen kitschig, nicht wahr?«

»Da hast du völlig recht, aber diese Katze verkauft sich gut. Sie ist mein größter Erfolg.«

Erstaunt sah Bettina zu ihrer Freundin hin, die sie mit einem Zwinkern ansah.

»Ich bin Designerin für einen Porzellanhersteller. Mein Spezialgebiet sind Katzen. Wir produzieren sie auch in anderen Werkstoffen. Hier, diese aus Ton zum Beispiel und auch die aus Bronze.«

»Dann haben Sie die Katzen gemacht?«

»Entworfen, ja. Hergestellt werden sie in einer Fabrik.«

»Aber doch nicht die?« Bettina deutete auf die hölzerne Figur, bei der die Maserung wie ein Fell wirkte. »So was kann doch keine Maschine hinkriegen, oder?«

»Nein, die Katze aus Holz natürlich nicht. Du bist ein

ausgesprochen scharfsinniges Mädchen. Diese Katze hat mir ein Freund geschnitzt.«

»Und diese hier auch nicht!« Bettina deutete auf die winzige Jadekatze.

»Das ist ein Netsuke, ein alter japanischer Siegelanhänger. Gut beobachtet!«

»Aber was ist mit den beiden schwarzen? Alina, *die* finde ich schön!«

»Ja, die habe ich gemacht. In meiner Freizeit betreibe ich ein wenig Bildhauerei.«

»Haben Sie bemerkt, daß die mit dem Ohrring die gleiche Zeichnung trägt wie Sternchen?«

»Nein, bisher noch nicht. Was meinst du damit?«

»Na, ich habe Sternchen doch wegen des Sterns auf ihrer Stirn so benannt.«

Überaus aufmerksam musterte Alina ihre Marmorkatze und dann die wieder eingeschlummerte lebende Katze.

»Du hast recht! Was für eine ungewöhnliche Übereinstimmung. So ein Stern muß etwas sehr Seltenes bei einer Katze sein. Ob es etwas zu bedeuten hat?«

Verlegen wandte sich Bettina ab. Auch Alina war sehr scharfsinnig.

»Irgendwie erinnert mich das an etwas, das ich mal gehört habe. Irgendeine alte Geschichte oder ein Märchen. Na, wahrscheinlich fällt es mir später wieder ein. Jetzt wollen wir endlich dieses hübsche Pelzchen saubermachen.«

Im Licht der Lampe betrachteten beide die klebrigen Flecken in Sternchens Fell, dann nahm Bettina die Katze fest in den Arm, und Alina begann, mit dem scharf riechenden Lösemittel die verklebten Stellen zu säubern. Sternchen fand den Geruch widerwärtig. Noch widerwärtiger fand sie die Behandlung. Sie zuckte und wand sich, und mit einem geschmeidigen Satz war sie Bettinas festem Griff entwichen. Sie sprang auf die Kommode, verfehlte sie knapp, rutschte ab und fiel zu Boden. Die Marmorkatze schwankte, schien sich fangen zu wollen, kippte dann doch um und stürzte zu Boden. Sie schlug auf den Fliesen auf und zerbrach. Nicht nur einfach in ein paar Teile, sondern in unzählige Stückchen und Splitter.

Sternchen war vor Schreck auf einen Schrank gesprungen. Alina und Bettina starrten beide fassungslos auf das, was einst eine majestätische Katze gewesen war.

»O nein!« seufzte Alina.

»Entschuldigen Sie. Das war meine Schuld, ich hätte Sternchen besser festhalten sollen.«

»Ach, nein. Ich bin dumm gewesen. Wir hätten sie im Badezimmer säubern sollen. Nun, da kann man nichts machen. Aber trotzdem ... Es war mein Lieblingsstück, mein erstes, wirklich gelungenes Kunstwerk.«

Alina hob den schwarzen Kopf auf und hielt ihn mit traurigem Blick in der Hand. Ein Ohr war abgebrochen, und der goldenen Ohrring fiel mit einem leisen Klirren zu Boden.

Plötzlich stand Sternchen neben ihr, hüpfte dann auf die Fensterbank und pochte energisch an die Scheibe. Bettina bemerkte es überhaupt nicht, denn sie betrachtete immer noch traurig die zerstörte Figur.

»Ich wünschte, ich könnte sie wieder ganz machen!« murmelte sie leise.

»Mein Gott, was ist das!« rief Alina, und Bettina schrak

zusammen. Ein leuchtender Stern zog seine Bahn über den Himmel, näherte sich, verwandelte sich in eine glitzernde Wolke, die sich um die Stückchen und Splitter ballte. Sie nahm die Form einer großen, aufrecht sitzenden Katze an, die für einen Moment lebendig zu werden schien und ein wundersames Lächeln zeigte. Dann schrumpfte die Wolke zusammen, verlor ihr Glitzern und wurde schwarz und starr. Was zurückblieb, war die Marmorkatze, komplett mit Ohrring und Sternzeichnung auf der Stirn.

»Ich glaube es nicht!« brach es aus Alina hervor.

Bettina hatte Sternchen wieder in den Arm genommen und drückte sie ängstlich an sich. Verzweifelt hoffte sie, daß Alina nun nicht versuchen würde, ihr die Katze wegzunehmen, um sich weitere Wünsche zu erfüllen. Wenn sie das aber versuchen sollte, dann würde sie so schnell wie möglich weglaufen müssen. Aber Alina war nur fassungslos auf ihr Sofa gesunken und starrte auf die Katzenfigur.

»Träume ich, Bettina?«

»Nein, das ist ... Sternchens Geheimnis. Deshalb wollten die Jungens sie doch. Damit sie ihre Wünsche erfüllt.«

Abrupt setzte Alina sich auf, und Bettina ging rückwärts zur Tür.

»Kein Angst, Süße, ich will Sternchen nicht ausnutzen. Mir ist nur gerade wieder etwas eingefallen. Der Stern auf der Stirn! Das ist eine Sternschnupper-Katze. O große Bastet, es scheint, daß Märchen doch wahr sind. Bettina!« Alina fuhr sich mit einer Hand durch die kurzen, ziemlich wirren Locken, die von der gleichen rotgoldenen Färbung waren wie Sternchens Fell. »Meine Großmutter hat mir früher mal ein Märchen erzählt, das mit einer Katze zusammenhing, die Wünsche erfüllen kann. Ich kriege es nicht mehr zusammen, aber das können wir schnell ändern. Komm, entspann dich ein wenig. Ich verspreche dir hoch und heilig und bei meinem alten Maunzer, daß ich Sternchen nichts tue.«

Mißtrauisch kam Bettina wieder näher. Sternchen in ihren Armen war schrecklich leicht geworden und hing kraftlos an ihrer Schulter. Vorsichtig legte sie die Katze in den Korb zurück, blieb aber wachsam neben ihr stehen.

»Ich verstehe ja, wovor du Angst hast. Dann halte eben neben ihr Wache«, sagte Alina.

Bettina seufzte und setzte sich wieder auf das Sofa. »Eigentlich habe ich keine Angst vor Ihnen, aber vor Bertram hatte ich auch erst keine Angst. Sonst hätte ich es ihm ja nicht erzählt.«

»Und nun bist du grundlegend mißtrauisch. Du hast ja recht. Was hat Bertram getan?«

Bettina war nur zu froh, endlich jemandem erzählen zu können, was wirklich geschehen war und wie sehr sie es verabscheute, Sternchens wunderbare Eigenschaft dazu einzusetzen, sich irgendwelchen unwichtigen Kram zu wünschen.

»Er und seine Freunde wollten immer nur so Spielzeugmüll haben, den man sich in jedem Laden kaufen kann. Das kann doch nicht richtig sein, oder?«

»Nein, das kann nicht richtig sein«, stimmte ihr Alina zu. »Wünsche müssen gut überlegt sein, denn man muß nachher mit dem Ergebnis leben können, wenn sie in Erfüllung gegangen sind. Das Spielzeug landet meist sehr schnell auf der Müllhalde. Aber wenn ich mir das so anhöre, was du da erzählst, dann haben wir ein weiteres Problem zu durchdenken, Bettina.«

»Ja, ich weiß.«

»Obwohl dein Vater inzwischen einverstanden ist, kannst du Sternchen nicht mit ins Haus bringen, denn die Gefahr, daß Bertram sie sich wieder schnappt, ist immer noch da.«

Bettina nickte betrübt und streichelte dabei die schlummernde Katze.

»Ich würde dir ja furchtbar gerne vorschlagen, daß du Sternchen ein paar Tage bei mir läßt, bis dieses Problem irgendwie gelöst ist, aber ich kann auch verstehen, daß du mir nicht ohne weiteres traust.«

»Ach, ich glaube, das tue ich schon. Sie sind nicht so wie andere Leute. Sie sind irgendwie ... sehr nett.«

Bettina sah auf und begegnete einem weichen Blick aus grünen Augen. Ihre ganze Spannung ließ mit einemmal nach, und sie lehnte sich in die Sofakissen zurück.

»Paß auf«, sagte Alina. »Es ist schon spät geworden, und wir müssen deinem Vater unbedingt Bescheid geben, daß alles in Ordnung ist. Wenn du willst, fahren wir zu euch, und ich bitte ihn, daß du die Nacht bei mir und Sternchen verbringen darfst, weil sie noch sehr schwach ist und deine Pflege braucht. Und morgen besuchen wir meine Großmutter. Ich habe so das Gefühl, daß wir der Lösung ein Stück näher kommen werden, wenn wir uns mit ihr unterhalten haben. Sie ist eine ausgesprochen kluge Frau, und ich möchte die Geschichte von der Sternschnupper-Katze noch einmal hören, Du solltest sie auf jeden Fall auch kennen.«

Bettinas Augen leuchteten auf. »O ja, das wäre schön. Hoffentlich erlaubt es mein Vater.«

»Er wird schon einwilligen. Laß das mal meine Sorge sein!«

Plötzlich grinste Bettina und meinte: »Sie sind gut darin, etwas durchzusetzen, nicht wahr?«

12. Kapitel
Ein Sternen-Märchen

Marius Hemberger bekam eine recht zensierte Version der Vorkommnisse vom Nachmittag berichtet, und der einzige Kommentar, den er dazu äußerte, wurde mit gespielter Strenge hervorgebracht: »So haben Sie meine Tochter also zum Verbrechen verleitet! Sie haben fremdes Eigentum zerstört und sind auf skrupellose Weise in eine fremde Garage eingebrochen.«

Bettina bemerkte den leichten Spott in seiner Stimme nicht und wollte schon protestieren, doch Alina zwinkerte ihr zu und fragte mit süßlicher Stimme: »Dürfte ich Sie fragen, lieber Herr Dr. Hemberger, was Sie tun würden, wenn Sie beispielsweise Ihre Tochter in einem verlassenen Haus eingesperrt wüßten, wo sie dem Hungertod ausgesetzt wäre?«

»Selbstverständlich würde ich ein Fenster einschlagen und sie herausholen. Was erwarten Sie denn anderes von mir!«

Bettina sah auch ihn zwinkern und begann leise zu kichern. »O Papa, das würdest du tun?«

»Aber ganz sicher. Und trotzdem möchtest du mich jetzt für ein paar Tage verlassen?«

»Nur heute nacht und morgen. Weihnachten bin ich wieder hier. Versprochen!«

»Na, dann sollten wir mal ein paar Sachen einpacken. Alina, wollen Sie Bettina dabei zur Hand gehen? Ich bin nicht so geschickt in derlei Dingen.«

»Aber gerne. Zeigst du mir dein Zimmer?«

Aber bevor Alina und Bettina die Tasche packten, wurde erst noch ein Teller mit frischem Futter nach draußen gestellt, in der Hoffnung, daß Rambert vielleicht doch auftauchen würde. Danach suchten sie die notwendigen Sachen zusammen und verabschiedeten sich von Marius. Bettina bat ihren Vater, am nächsten Tag für Rambert Futter nach draußen zu stellen, was er zu ihrer Überraschung sogar versprach.

Sternchen hatte tief geschlafen, während sie fort waren, und auch als Alina das Abendessen vorbereitete, rührte sie sich nicht. Beim Essen unterhielten sie und Bettina sich über vielerlei Dinge, bis Alina schließlich sagte: »Hör mal, du brauchst nicht immer ›Sie‹ zu mir zu sagen. Es ist hübsch, daß du so höflich bist, aber eigentlich sind wir doch auch gute Freunde, nicht wahr?«

Bettina lächelte sie an und nickte. »Und so alt bist du auch noch gar nicht.«

»Na, das kommt darauf an. Ich bin schon neunundzwanzig. Und du?«

»Eigentlich noch neun, aber nicht mehr lange. Am Neujahrstag werde ich zehn!«

»Na, so was! Ich werde am Neujahrstag dreißig. Das müssen wir aber gemeinsam feiern! Obwohl das ja ein ausgesprochen dummer Termin ist, weil alle Leute noch von Silvester müde sind. Oh, sieh mal, unsere Ratzekatze ist aufgewacht!«

Sternchen hatte sich geräkelt und gedreht und stand nun mit rundem Buckel im Korb. Sie streckte sich und brach in ein riesengroßes Gähnen aus, das in einem ulkigen »uiuiaaah« endete. Dann sprang sie auf den Boden und begann die Wohnung zu erkunden.

»Ich werde den Transportkorb holen. Ich möchte unbedingt, daß Sternchen uns zu meiner Oma begleitet«, sagte Alina.

Der Korb, ein geräumiger, aus Weidenzweigen geflochtener Behälter mit einer großen Gittertür davor, fand nicht Sternchens Zustimmung. Nur unter lautem Protest ließ sie sich am nächsten Mittag darin einsperren. Noch weniger gefiel ihr die Autofahrt. Sie heulte und jaunerte herzzerreißend eine halbe Stunde lang, bis sie endlich an dem Seniorenheim angekommen waren, in dem Alinas Großmutter lebte. Alina hatte Bettina unterwegs von der alten Dame erzählt.

»Sie ist letztes Jahr in dieses Heim gezogen, weil sie keine Lust mehr hatte, sich mit der Hausarbeit abzuplagen. Jetzt hat sie eine hübsche Zweizimmerwohnung mit einem großen Balkon, einen riesigen Park, in dem sie kein Unkraut rupfen muß, die Bushaltestelle vor der Tür und so viel Dienstpersonal, wie sie will. Aber sie ist noch sehr selbständig. Sie ist Mitglied im Sportverein, im Theaterclub, singt im Bachchor, leitet für die anderen Bewohner einen Zeichenkurs und hat kaum noch Termine frei. Immer wenn ich sie besuche, murmelt sie was von Kalender und Verpflichtungen, und wenn sie mich oder meine Mutter nicht sehen will, ist sie immer über Monate ausgebucht.«

»Hoffentlich hat sie dann heute für uns Zeit!«

»Keine Sorge! Ich habe ihr gesagt, daß es ein überaus wichtiger Termin ist.«

»Ja, du bist eben gut darin, Leuten etwas klarzustellen, Alina!«

»Ja, leider. Ich bin ein bißchen herrisch veranlagt. Manchmal könnte ich mich selbst dafür ohrfeigen, denn damit mache ich mich oft unbeliebt.« Mit einem schiefen Lächeln setzte sie hinzu: »Vor allem bei Männern.«

»Du bist nicht verheiratet, nicht?«

»Ich war es mal, aber das hat leider nicht lange gehalten.«

Bettina kicherte. »Niklas und Erni werden auch nicht mehr deine besten Freunde werden!«

»Die beiden jungen Idioten, die dich verfolgt haben? Nein, gewiß nicht. So, wir sind da.«

Sie fuhren vor ein schönes altes Gebäude, und Sternchen hörte mit ihrem Gejammer sofort auf, als der Wagen zum Stehen kam.

»Das war früher einmal ein Kloster, aber jetzt ist es innen ganz modern ausgebaut. Trägst du Sternchen, oder soll ich sie nehmen?«

»Kann ich sie auf den Arm nehmen?«

»Wir sollten sie vielleicht doch besser im Korb lassen. Stell dir vor, sie erschreckt sich vor irgendwas und läuft weg. In dem verwinkelten Gebäude eine Katze zu suchen wird schwierig.«

»Dann trag du sie besser. Du bist größer als ich!«

Im Aufzug gab Sternchen noch einmal ein durchdringendes Geheul von sich. Geschlossene Räume schien sie überhaupt nicht mehr zu lieben.

»Gleich kannst du raus, Sternchen. Sowie wir in der Wohnung sind!« versprach Bettina, und ein fragendes: »Mau?« antwortete ihr.

Alina klingelte an der Tür, und kurz darauf wurde ihnen geöffnet. Die Überraschung war auf beiden Seiten. Die alte Dame und Bettina sahen einander verblüfft an. Bettina fing sich als erste.

»Oh, ich habe wieder kein Geld dabei!«

»Hoppla, ihr kennt euch?« fragte Alina.

»Die Kleine hat Schulden bei mir. Aber kommt rein! Ist das etwa auch die Katze, die so brav Bus gefahren ist?«

»Das ist Sternchen. Darf ich sie rauslassen? Sie krakeelt schon die ganze Zeit herum.«

»Nur zu, sie ist mir willkommen. Und dann müssen wir meiner seltsam sprachlosen Enkelin wohl mal beichten, woher wir beide uns kennen.«

Die alte Dame erzählte Alina von der Begegnung im Bus, und Alina mit Bettina fügten den Rest der schrecklichen Verfolgung und der anschließenden Suche nach Sternchen hinzu.

»Und jetzt, Nana, brauchen wir deine Hilfe!«

»So, Alina? Und wie kann ich dir behilflich sein?«

»Indem du dir unser Sternchen ganz genau ansiehst. Bettina, bring die Katze bitte einmal her! Sie soll jetzt aufhören, die Spinnweben unter dem Sofa zu zählen.«

Nana rümpfte die Nase. »Abgesehen davon, Alina, daß es hier keine Spinnweben gibt, gehört es sich nicht, Katzen bei ihrem Rundgang zu stören.«

Aber das war nicht nötig, Sternchen kam von alleine, besah sich die alte Dame, sagte »Brrip!«, sprang auf ihren Schoß, drehte sich zweimal um sich selbst und ließ sich dann gemütlich nieder.

»Aha!« sagte Nana und streichelte Sternchens Stirn. »Du

hast dich an ein Märchen erinnert, das ich dir früher einmal erzählt habe.«

»An ein Märchen, das von einer Sternenkatze handelte, aber ich kriege es nicht mehr zusammen. Es ist aber ungemein wichtig, daß Bettina es erfährt, und darum möchte ich, daß du es uns noch einmal erzählst.«

»Ich weiß auch nicht, ob ich es noch zusammenbekomme. Sternchen, du wirst mir helfen müssen.«

»Mau!« stimmte die Rotgoldene zu und kuschelte sich zurecht. Alinas Großmutter schloß die Augen und dachte nach. Sie begann erst langsam, dann immer fließender zu erzählen:

»Ganz weit weg, in großer Ferne, dort, wo wir nachts die Sterne leuchten sehen, gibt es einen geheimnisvollen Ort, an dem ein uraltes, ungeheuer weises Volk lebt. Viel länger lebt es dort schon, als es uns Menschen gibt. Ja, es war schon da, bevor die Erde entstand und die Sonne ihr Feuer entzündete. Die Angehörigen dieses Volkes verbringen ihre Zeit in Ruhe und Gelassenheit, widmen sich tiefsinnigen Gedanken über das Werden und Vergehen der Welten und aller Lebewesen, die es in den vielen Universen gibt. Es ist ein wunderbares Land, in dem sie dieser Beschäftigung nachgehen. Weite, goldene Steppen werden durchzogen von klaren, singenden Bächen, an deren Ufern blaue Iris und gelbe Dotterblumen blühen. Weich bemooste Steine machen das Überqueren leicht und laden ein, von dem reinen Wasser zu trinken. Die Sonne dort scheint das ganze Jahr, und überall stehen blühende Bäume, deren weit ausladende Zweige duftenden Schatten verbreiten. Flache Felsen fangen die Wärme des Tages ein, und des Nachts kann man wohlig ausgestreckt darauf ruhen.«

Die alte Dame kraulte Sternchen sacht hinter den Ohren, und ein beifälliges Schnurren untermalte ihre nächsten Worte.

»Das Volk dort lebt in Frieden, wohlgenährt und ohne Feinde. Und doch oder gerade deswegen finden sich immer wieder einzelne, die sich die Aufgabe stellen, in andere, weniger glückliche Welten auszuwandern, um dort ihre Weisheit zu lehren. Wer immer sich dazu entschließt, sucht den weißen Tempel auf. Es ist ein hoher, von Säulen getragener Bau, zu dem viele Stufen hinaufführen. In ihm wohnen die Lehrer, die Weisesten der Weisen, die jenen, die berufen sind, alles das beibringen, was sie von den fremden Kulturen wissen müssen. Sie lernen die Sprachen und die Zeichen, sie lernen die Formen der Höflichkeit und Etikette, sie lernen aber auch, wie sie sich dem kälteren oder feuchteren Klima anzupassen haben, wie sich der Wandel der Jahreszeiten vollzieht und wie man in der Wildnis überlebt. Sie lernen jagen und sich zu verteidigen. Nach einer langen Zeit der Ausbildung und nach vielen Prüfungen und Stufen der Einweihung erhalten sie dann das, was sie ›die Gabe‹ nennen. Und mit dem Erlangen der Gabe zeichnet ihnen die höchste Priesterin ein Mal auf die Stirn.

Dann ist der Zeitpunkt gekommen, an dem sie sich von ihren Familien und Freunden verabschieden müssen. Es ist ein Abschied für immer, denn in diesem Leben ist ihnen die Rückkehr in das Land der goldenen Steppen verwehrt. Und so wird dieser Aufbruch in die andere Welt mit großer Feierlichkeit und mit Würde und Ernst begangen. Dann steigt jene, die sich auf ihre lebenslange Mission begibt, auf eine hohe Klippe, und ohne sich noch einmal umzuwenden, setzt sie zu einem gewaltigen Sprung an. Ihr Flug führt sie durch Galaxien und Sternenstaub, an Planeten und Monden vorbei bis zu ihrem Bestimmungsort. Dort aber kann, wer Glück hat, ihre Ankunft daran erkennen, daß sie wie eine Sternschnuppe mit einem besonders langen und glitzernden Schweif niedergeht.«

Sternchens Schwanz rutschte ab und baumelte vom Knie der Erzählerin herab. Vorsichtig legte Nana ihn wieder nach oben. Die Rotgoldene sagte: »Mirrrr!«

»Und wie ihr beiden wohl erkannt habt, handelt es sich bei diesen Abgesandten aus den goldenen Steppen um Katzen. Wohlgemerkt, ganz besondere Katzen. Man nennt sie Sternschnupper-Katzen, denn eine ihrer Fähigkeiten besteht darin, besondere Sterne am Himmel zu erschnuppern. Aber es gibt noch ein paar andere Kleinigkeiten, an denen man sie erkennt. Zum einen haben sie ungewöhnlich große Pfoten. Vielleicht liegt das daran, weil sie ja aus großer Höhe herabkommen und sicher darauf landen müssen.«

»Brrips!« bestätigte Sternchen.

»Und dann tragen sie natürlich das Zeichen auf der Stirn!« Nana strich sanft über die Sternzeichnung in dem rotgoldnen Fell. »Als drittes ... nun ja, das ist etwas komisch ... Jedenfalls haben alle Sternschnupper-Katzen einen winzigen Fehler. Sie vergessen manchmal ihre Zunge. Sie hängt oft nach dem Putzen, oder wenn sie in Gedanken ganz woanders sind, ein kleines Stückchen aus dem Maul heraus. Seht ihr!«

Alinas Großmutter tupfte leicht mit dem Zeigefinger auf das rosige Zipfelchen. Sternchen machte »Schlips!«, als sie die Zunge zurückzog, und sah betreten drein. Bettina kicherte und klemmte ebenfalls die Zunge zwischen die Lippen.

»Ja, das sind also die äußeren unverkennbaren Kennzeichen einer solchen wunderbaren Katze. Daß diese Kennzeichen sehr selten auftreten und in keinem Zuchtbuch verzeichnet sind, liegt daran, daß Sternschnupper-Katzen nur alle dreizehn mal dreizehn Jahre auf die Erde kommen.«

»Nur alle hundertneunundsechzig Jahre?«

»Oh, du bist gut im Kopfrechnen, Bettina! Ja, in solch großen Abständen kommen sie zu uns. Nicht alle landen hier bei uns. Sie haben alle Kontinente besucht und alle Völker. Manche haben von ihnen gelernt, andere taten es nicht. Doch eine frühe Kultur hat den wahren Wert dieser Katzen wirklich erkannt. Es waren die Ägypter, die die Weisheit und Gerechtigkeit, die Sanftmut und Verspieltheit, die Freiheit und das Selbstbewußtsein dieser Geschöpfe zu würdigen wußten und ihrer Sternschnupper-Katze zum Dank für das, was sie ihnen geschenkt hat, den Status einer Göttin verliehen haben. Sie bildeten sie als anmutige Frau mit einem Katzenkopf ab und verehrten sie als Bastet, die Gütige. Aber da sie auch die Weisheit des Gegensatzes gelernt hatten, verehrten sie ebenfalls die wilde Sekmet, die Untaten rächt und grausam sein kann.«

Sternchen richtete sich auf, nahm kurzfristig eine überaus hoheitsvolle Pose ein und ließ ihren Blick derart herablassend über die Anwesenden schweifen, als erwarte sie Opfer und Weihrauch. Dann aber wurde der Eindruck göttlicher Majestät dadurch gemildert, daß sich die rosige Zunge wieder ein Stückchen hervorwagte, und der ehrfurchtgebietende Moment war vorbei. Die Rotgoldene rollte sich wieder zusammen und schnurrte weiter.

»Ja, meine Lieben, die Verehrung als Göttin kommt natürlich nicht von ungefähr. Denn wie ich schon erwähnte, haben die Abgesandten jenes weisen Volkes die Gabe mit auf den Weg bekommen. Diese Gabe besteht darin, daß sie Sterne erschnuppern können, die Wünsche erfüllen. Nicht ihre eigenen Wünsche, sondern die der Menschen, die diese Katzen liebevoll bei sich aufnehmen. Einige kleine Haken hat die Sache allerdings. Zum einen ist die Zahl der Wünsche auf exakt dreizehn beschränkt, und sie können nur bei klarem Nachthimmel ausgesprochen werden, wenn die Sterne zu sehen sind. Außerdem gehen die Wünsche immer sofort und wortwörtlich in Erfüllung, und jeder Wunsch kann auch nur einmal ausgesprochen werden. Mehr als drei Wünsch hintereinander erfüllt eine Sternschnupper-Katze auch nicht, denn es scheint ungemein anstrengend zu sein, Sterne vom Himmel zu kratzen. Ja, und wenn die Anzahl der Wünsche aufgebraucht ist, wird die Sternschnupper-Katze zu einer ganz normalen Hauskatze.«

»Grrips!« sagte Sternchen und sprang von ihrem Liegeplatz hinunter, um Bettina einmal um die Beine zu streichen und es sich dann auf der Fensterbank gemütlich zu machen. Von dort konnte sie die Meisen auf dem Balkon beobachten, die an einem Körnerring pickten. Wie alle Katzen es bei einem solchen Anblick tun, begann sie frustriert zu schnattern, weil sie nicht an die verlockende Beute herankam.

»Eine ganz normale Hauskatze wie Sternchen!« stellte Alina befriedigt fest.

»Na, eine ganz normale Katze scheint Sternchen wohl nicht zu sein, Alina, sonst wärt ihr ja nicht zu mir gekommen.«

»Nein!« bestätigte Bettina, die tiefes Vertrauen zu der alten Dame gefaßt hatte. »Sie hat schon Wünsche erfüllt. Viel zu viele und viel zu dämliches Zeug! Ich könnte diese Dummköpfe erwürgen!«

»Ich glaube, die Sternschnupper-Katzen haben extra dreizehn Mal die Möglichkeit, Wünsche zu erfüllen, damit wir Menschen aus unseren Fehlern lernen und schließlich doch noch ein- oder zweimal die Chance haben, uns etwas wirklich Wichtiges zu wünschen. Wieviel unseliger wäre es, einer Fee zu begegnen, die immer nur drei Wünsche erfüllt!«

»Ja, da ist was dran.«

»Wieviel Wünsche sind denn schon geäußert worden?«

»Da war als erstes das Katzenfutter!«

»Das hast du dir gewünscht?«

»Ja, für Sternchen und Rambert.«

»Ein prima Wunsch, Bettina.«

»Und dann Apfelberliner. Für Bertram und mich. Weil das Abendessen so scheußlich war.«

»Ein verständlicher Wunsch. Aber deinem angewiderten Gesichtsausdruck entnehme ich, daß du etwas daraus gelernt hast!«

»O ja, ich kann keine Berliner mehr essen. Ich habe mir zu viele gewünscht.« Bettina grinste schief. »Und dann hat Bertram sich ein Mountainbike und ein Polizeiauto gewünscht.«

»Macht vier Wünsche, bleiben dir noch neun.«

»Leider nicht. Ich weiß nicht, wieviel Zeugs sich Bertrams Freunde gewünscht haben. Aber Bertram wollte sicher wieder ein Mountainbike haben, denn das erste ist ihm gleich am nächsten Tag geklaut worden.«

»Dieser Wunsch ist verloren, er wird es nicht bekommen haben. Außerdem sagte ich ja, mehr als drei Sternschnuppen erschöpfen Sternchen. Also nehmen wir mal an, diese drei Wünsche sind auch weg, bleiben noch immer sechs.«

Nun mischte sich Alina ein.

»Nein, denn auch mir hat Bettina mit Sternchen einen Wunsch erfüllt.« Sie erzählte den Vorfall von der zerstörten Katzenstatue.

»Ich würde sagen, das war kein vergeudeter Wunsch, sondern einer, aus dem Bettina noch etwas lernen kann, nicht wahr?«

»Kann ich das?«

»Überleg mal. Was unterscheidet den letzten Wunsch von den vorherigen?«

Bettina dachte nach und kam dann drauf: »Es war nichts Neues, also keine Sache, nicht wahr? Eigentlich hat sie etwas heil gemacht. Ja, jetzt verstehe ich, was Sie meinen!«

Alinas Großmutter nickte anerkennend, und dann schlug sie vor, gemeinsam Kaffee trinken zu gehen.

Als sie später wieder mit dem Katzenkorb zum Auto gingen, war es schon dunkel geworden. Bettina war einverstanden, Sternchen noch bei Alina zu lassen, bis das Problem mit Bertram gelöst war. Die Geschichte, die Nana ihr erzählt hatte, hatte sie tief beeindruckt, und so saß sie in Gedanken versunken im Wagen, als sie kurz vor dem Haus plötzlich aufschrie.

13. Kapitel
Ramberts trauriges Schicksal

Es war wieder kälter geworden. Als die Sonne untergegangen war, gefror der Tau auf den Ästen und den trockenen Gräsern. Seit fünf Tagen hatte Rambert sich kaum aus seinem Versteck gerührt. Er hatte geschlafen und gehofft, daß die Schmerzen allmählich nachlassen würden. Doch hatte er schlimmere innere Verletzungen, als man ihm ansah, und Fieber trübte seit einiger Zeit seinen Verstand. Nicht so weit allerdings, daß er nicht mehr wußte, was mit ihm geschah. Es schwächte ihn nur unendlich. Nun wurde es kalt und kälter, und er merkte, wie seine Kraft immer mehr schwand. Sein Magen war leerer als je zuvor in seinem Leben. Daß es mit ihm zu Ende gehen würde, wenn er keine Hilfe fände, war ihm inzwischen völlig klar. Ob es überhaupt noch Hilfe gab ...?

Vielleicht würde ihm die junge Menschenfrau helfen, die Sternchen aufgenommen hatte. Sie hatte zumindest immer Futter für ihn gehabt. Mühsam und unter großen Schmerzen erhob der Kater sich und schleppte sich zum Zaun, der den Garten vom Bürgersteig abgrenzte. Die Straße würde er überqueren müssen, um zu dem Haus zu kommen, wo Bettina wohnte. Da er nur sehr langsam und humpelnd voran kam, würde er schon sehr großes Glück haben müssen, um nicht von einem Auto angefahren zu werden. Aber es war seine einzige Chance.

Leise wimmernd, weil er sich unter den Zaunlatten hindurchwinden mußte, blieb Rambert am Straßenrand stehen. Im Augenblick schien alles ruhig. Langsam und wackelig setzte er Pfote vor Pfote. Er hatte schon die Hälfte der Fahrbahn überquert, als er das nahende Auto hörte. Zwei grelle, glühende Augen näherten sich ihm mit ungeheurer Geschwindigkeit. Noch einmal versuchte der schwarze Kater, seine letzten Kräfte zusammenzunehmen, und machte einen kleinen Satz. Zu spät, er stolperte, seine Beine trugen ihn nicht mehr, und er brach zusammen.

Ergeben wartete er auf den letzten Schlag, als die Reifen schrill quietschten.

»Alina! Halt!«

Auch Alina hatte den schwarzen Schatten im Scheinwerferlicht gesehen. Sie trat schon auf die Bremse, als Bettina noch schrie. Kaum war das Fahrzeug zum Stehen gekommen, sprang das Mädchen auch schon heraus und kniete neben dem bewegungslosen Kater, der nur wenige Zentimeter vor dem Vorderreifen auf dem Asphalt lag.

»Oh, Rambert, alter Freund, lebst du noch?« Bettina streichelte ihm über den Kopf, und ein klein wenig hoben sich seine Lider.

»Paß auf, Bettina! Verletzte Tiere können manchmal sehr aggressiv sein.« Alina kniete ebenfalls neben dem Kater und betrachtete ihn nachdenklich. »Angefahren habe ich ihn nicht. Er muß durch etwas anderes verletzt worden sein.«

»Ja, von dem Fußtritt, den ihm Bertram verpaßt hat. Meinst du, wir können ihn reintragen?«

»Bettina, ich glaube nicht, daß wir ihm noch viel helfen

können. Er scheint innerlich zu verbluten. Schau, er hat blutigen Schaum vor dem Mäulchen.«

Das Mädchen schluchzte auf und streichelte Rambert dann noch einmal. »Er hat das nicht verdient. Ach, wenn ich doch ...« Sie verstummte und blickte zum Himmel hoch. Er war sternenklar. »Alina, hol Sternchen her! Schnell!«

Alina streichelte Bettina über den Kopf, als sie aufstand, um den Tragekorb zu holen. Sie stellte ihn neben Rambert ab und öffnete ihn. Sternchen schlüpfte hinaus, blieb neben dem schwarzen Kater stehen und maunzte leise. Es klang sehr traurig.

»Sternchen, willst du mir bitte einen Wunsch erfüllen?«

»Mauuuu!«

»Mach ihn gesund, ja!«

Es blitzte etwas in Sternchens goldenen Augen auf, ein Funke, der sie zum Strahlen brachte. Dann hob sie die dicke rechte Pfote, deutete auf einen Stern und schnupperte, so heftig sie konnte. Der Stern löste sich vom Himmelszelt, zog einen wundervollen Bogen und wurde dann zu einer kleinen orangefarbenen Wolke, die sich wie eine warme Decke über den sterbenden Kater legte. Sie begann von innen zu leuchten und verblaßte dann langsam. Als sie gänzlich verschwunden war, begann Ramberts Schwanz zu zucken. Dann bebten seine Schurrhaare ein wenig. Schließlich blinzelte er verwundert. Sternchen stupste ihn mit ihrer dicken Pfote an und sagte: »Grrips?«

Noch ein wenig unbeholfen kam der Kater auf die Beine und streckte sich, einmal vorne ganz lang, einmal hinten ganz lang. Dann machte er einen Buckel und schüttelte den Kopf.

»Danke, Sternchen«, flüsterte Bettina und nahm die Rotgoldene auf den Arm.

»Das war ein ganz wundervoller Wunsch, Bettina! Aber trotzdem sollten wir langsam die Straße räumen, hinter uns warten schon zwei Autos.«

Rambert war im Garten von Hembergers Haus verschwunden, wo er mit Sicherheit seinen Teller mit Futter finden würde. Bettina klingelte an der Türe, während Alina den Wagen in der Auffahrt parkte.

»Hallo, Papa. Schau, das ist Sternchen. Darf sie kurz mit reinkommen?«

Marius Hemberger schaute seine Tochter an, um deren Hals sich Sternchen wie ein Pelzkragen gewickelt hatte, und mußte über diesen Anblick schmunzeln. »Deinem lebenden Schal hängt die Zunge zum Hals heraus!«

»Ach ja, das passiert ihr manchmal, darin ist sie etwas vergeßlich. Darf Alina auch noch mit reinkommen?«

»Aber selbstverständlich.«

Herzlich begrüßte Marius die Freundin seiner Tochter. Alina half Bettina, ihre Sachen in ihr Zimmer zu bringen, und beide warfen dann einen kritischen Blick nach draußen.

Da saß der schwarze Kater unter dem beleuchteten Tannenbäumchen und schlug sich den Bauch voll. Er war wirklich wieder völlig gesund, nur außerordentlich hungrig. Als er den Inhalt einer großen Dose Katzenfutter sauber aufgefressen hatte, begann er sich sorgfältig zu putzen. Bettina öffnete leise die Terrassentür und wagte sich dann ganz vorsichtig näher. Wachsam beobachtete Rambert sie, lief aber nicht wie sonst fort. Mit sanfter Stimme sprach Bettina auf ihn ein, lobte ihn für sein tapferes Verhalten und berichtete ihm, wie sie Sternchen gefunden hatte. Er blieb noch immer sitzen, und seine Schurrhaare begannen zu vibrieren.

»Ich würde dich ja gerne mal streicheln, Rambert, aber du siehst ganz so aus, als würdest du jede Annäherung mit einem Kratzer beantworten.«

»Das würde er sicher. Warte mal!« Alina kniete neben ihr und betrachtete Rambert ebenfalls. Er war zwar noch immer wachsam, schien aber auch neugierig zu sein.

»Brrrr!« gurrte Alina und gab dann ein paar ungemein kätzische Maunzlaute von sich. Noch neugieriger spitzte Rambert seine Ohren. Vorsichtig machte er einen Schritt vorwärts und schnüffelte. Er schien zufrieden mit dem Geruch und kam noch näher. Alina streckte sehr langsam ihre Hand aus. Rambert ignorierte sie. Aber er kam noch näher und drückte einmal kurz seinen Kopf an Alinas Arm. Dann drehte er sich um, vermutlich von seiner eigenen Courage verblüfft, und verschwand wie ein Schatten in der Nacht.

»Du wirst viel Geduld mit ihm haben müssen. Er ist Menschen nicht gewöhnt. So ein Streuner wird immer Abstand halten.«

Bettina nickte. »Er hat bisher nur schlechte Erfahrungen gemacht. Die Jungen haben ihn immer geärgert. Aber was hast du eigentlich zu ihm gesagt? Du hast ja wohl Katzensprache gesprochen, oder?«

»Ich habe ihn höflich begrüßt. Mein Kater hat mir viel beigebracht, er war sehr gesprächig, der alte Maunzer.«

Sie gingen wieder ins warme Haus zurück, und in dem darauffolgenden Gespräch mit Bettinas Vater einigten sie sich darauf, daß Sternchen am folgenden Tag zu Bettina umsiedeln sollte, da Frau Schindler mit ihrem Sohn Bertram über Weihnachten ihre Familie besuchen würde. Alina gab Marius einige strenge Anweisungen, was er alles zum Wohlbefinden einer Katze in seinem Haus benötigte, und er nickte ergeben dazu.

Am Donnerstagmorgen kamen Bettina und ihr Vater dann beladen mit Katzenstreu, Kratzbrett, Dosenfutter, Schälchen, Katzentoilette und Transportkorb zurück, während Frau Schindler die Treppe putzte.

»Heißt das, daß sie doch ein Tier ins Haus nehmen, Herr Dr. Hemberger?« fragte sie voller Empörung.

»Die Katze wird Ihnen schon keine Mehrarbeit machen!« beschied Marius sie kurz, und Bettina freute sich heimlich über diese kühle Abfuhr.

»Ich habe eine Allergie gegen Katzenhaare!« sagte die Schindler mißmutig und wrang den Putzlappen so heftig aus, als wolle sie einer Katze den Hals umdrehen.

»Brauchen wir Frau Schindler eigentlich wirklich, Papa?« fragte Bettina, nachdem sie die Wohnungstür hinter sich geschlossen hatten.

»Ja, wir brauchen sie, Mäuschen. Ich kann mich nicht um den Haushalt kümmern, für dich kochen, die Praxis sauberhalten, den Garten machen und all diese Dinge.«

»Ja, aber könnte das nicht auch eine andere Frau?«

»Sicher, aber dann müßte ich Frau Schindler erst einmal kündigen und dann eine neue suchen, die hoffentlich genauso zuverlässig ist.«

Bettina zuckte mit den Schultern, strich sich die Haare aus der Stirn und nickte. »Ich versteh' schon. Aber wegen Bertram müssen wir noch mal reden!«

Marius Hemberger hatte bereits mit Bertram gesprochen und ihm sehr deutlich zu verstehen gegeben, daß er der Katze seiner Tochter kein Haar krümmen durfte. Bertram hatte folgsam genickt, aber innerlich brodelte es in ihm. Er war verdammt ungerecht behandelt worden. Nicht nur, daß seine Mutter wegen der Sache mit Bettina ernsthaft böse war, sie hatte ihm auch noch die Weihnachtsgeschenke gestrichen. Wenn Frau Schindler auch nicht unbedingt die liebenswerteste Haushälterin war, so war sie doch aufrichtig darüber empört gewesen, was die drei halbwüchsigen Jungen dem Mädchen angetan hatten. Katze hin, Katze her!

Bertram schmollte und sann auf Rache. Warum sollte diese kleine Mistbiene Bettina eigentlich ganz alleine über die Katze gebieten, die alle Wünsche erfüllte? Wenn er nur einmal unbemerkt an Sternchen herankäme! Er wollte ihr ja kein Leid tun, aber wenigstens den heißbegehrten DVD-Player, der nun nicht auf dem Gabentisch stehen würde, sollte sie herbeizaubern. Und noch zwei, drei andere Dinge, die seinen Status bei seinen Freunden noch etwas erhöhen würden. Viel Zeit blieb ihm nicht mehr. Es war der dreiundzwanzigste Dezember, und morgen vormittag würde er seine Mutter zu den Großeltern begleiten müssen. Er wußte, daß diese rothaarige Frau Sternchen gegen Abend bei Bettina abliefern wollte, und hielt daher aufmerksam Ausschau. Die Katze würde doch wohl nicht nur oben in der Wohnung bleiben. Irgendwie mußte er versuchen, ihrer habhaft zu werden.

Um fünf am Nachmittag kam Alina mit Sternchen. Was für ein Tamtam die da oben um dieses Vieh machten! Körbchen hier, Leckerchen da, Deckchen drüber, Deckchen drunter. Und das alles wegen eines dummen Tieres! Genauso blödsinnig wie das Theater, das sie wegen dieses schwarzen Katers veranstalteten. Nicht nur, daß sie ihm Futter nach draußen brachten, nein, sie hatten auch noch auf der Terrasse eine Kiste mit einer alten Decke hingestellt.

Wenn es nach Bettina gegangen wäre, hätte sie Sternchen am liebsten in ihrem Zimmer behalten. Aber Alina hatte ihr empfohlen, der Katze, die sich in den Tagen nach ihrer Gefangenschaft gut erholt hatte, ihre Freiheit zu lassen und ihr zu gestatten, draußen umherzustreifen, wenn sie es wünschte.

Nach dem Abendessen tat Sternchen ihren Willen dadurch kund, daß sie auffordernd miauend am Rahmen der Terrassentür kratzte.

»Na gut, Sternchen. Aber komm heute nacht wieder zurück. Es beginnt schon zu frieren!«

»Grrips!« sagte Sternchen und hüpfte hinaus.

Bertram hörte auf seinem Lauschposten die Tür zuschlagen und spähte angestrengt in die Dunkelheit. Ja, da war gegen den erleuchteten Tannenbaum die Silhouette einer Katze zu sehen. Er griff nach der Decke, die ihm schon einmal beim Fangen der Katze gute Dienste geleistete hatte, und machte vorsichtig das Fenster seines Zimmers auf. Durch den Flur und die Haustür wagte er nicht zu gehen, aber den Fluchtweg durch sein Fenster hatte er schon einige Male angetreten, wenn seine Mutter von nächtlichen Ausflügen nichts ahnen sollte. Es war ja auch zu einfach, das Parterrefenster bot keine Schwierigkeiten.

Es war bitterlich kalt, und bibbernd sah Bertram sich um. Wo war die Katze? Seine Augen gewöhnten sich allmählich an die Dunkelheit, und dann sah er sie. Sternchen belauerte ein raschelndes Eichenblatt, hinter dem sich vielleicht eine Maus verbergen mochte. Lautlos setzte Bertram einen Fuß vor den anderen. Die Decke hielt er schon ausgebreitet in der Hand.

Noch ein Schritt. Und noch einer. Er war schon ganz nahe. Gleich würde er sie haben.

Grüne, wutsprühende Augen beobachteten ihn von einem Ast aus.

Bertram nahm die Decke in beide Hände. Noch ein Schritt.

Der schwarze Körper über ihm bebte vor Zorn.

Ein gekonnter Wurf, und die Decke landete über der Wunschkatze. Bertram warf sich mit seinem Körper auf das zappelnde Bündel – und schrie plötzlich auf!

In seinem Nacken saß der Teufel und schrie ebenfalls. Vor allem aber kratzte er.

Bertram schüttelte sich mit der Kraft der Verzweiflung. Der schwarze Teufel ließ von ihm ab. Die rote Teufelin aber hatte sich befreit und schlug ihm mit aller Kraft die Krallen in die Wade. Er schrie noch einmal vor Schreck und Schmerzen auf.

Bettina stürzte aus dem Wohnzimmer in den Garten, gefolgt von ihrem Vater.

Es bot sich ihnen ein groteskes Bild. Bertram stand starr vor Entsetzen vor der Decke am Boden. Da kauerte ein schwarzer Kater. Doch es war nicht einfach Rambert, der dort mit weit aufgerissenen Maul stand, die Augen blitzend, die Ohren flach nach hinten gelegt, mit peitschendem Schwanz. Nein, der Kater hatte das getan, wozu alle kleinen

Katzen im Moment größter Wut in der Lage sind. Er schien plötzlich seinem Gegner viel größer als ein magerer Streunerkater zu sein. Er wurde zu seinem Bruder, dem schwarzen Panther, und seine Zähne und Krallen versprachen den Tod!

Dann kam das Fauchen! Ein Pantherfauchen! Ein Brummen folgte, und dann setzte der Kampfgesang ein, so schaurig, daß selbst Bettina erzitterte. Doch sie faßte sich sofort wieder, denn neben ihr tauchte, ebenfalls fauchend, Sternchen auf.

»Schluß, ihr beiden!« sagte das Mädchen ruhig und bückte sich, um Sternchen aufzunehmen.

Bertram schien wie erstarrt, und Marius trat auf ihn zu und verpaßte dem Jungen eine solche Ohrfeige, daß er rückwärts in das feuchtkalte Laub fiel.

»Was habe ich dir heute mittag gesagt, Bertram? Du sollst die Katzen in Frieden lassen. Es ist unglaublich, was sich hier abspielt! Ich würde gerne mal erfahren, was dich dazu treibt?«

»Die soll nicht alle Wünsche erfüllt kriegen!« schnaufte Bertram wütend und gedemütigt.

»Wer ist die?«

»Bettina!«

»Was bist du nur für ein mißgünstiger und egoistischer Bengel! Neidisch auf das Kätzchen, das Bettina sich gewünscht hat! Kaum hat sie mal etwas, das du nicht hast, willst du es ihr wegnehmen!«

»Das hat doch damit nichts zu tun. Es ist doch wegen der Wünsche, die die Katze erfüllt!« giftete Bertram, während er sich langsam aufrappelte.

»Hast du jetzt völlig den Verstand verloren? Du siehst

wohl zu viele Fantasy-Filme. Katzen, die Wünsche erfüllen! Ich werde mit deiner Mutter ein ernstes Wort reden. Und jetzt sieh zu, daß du in dein Zimmer kommst.«

Bettina streichelte Sternchen und lächelte heimlich in deren Fell. Es war nur gut, daß Bertram ihr Grinsen nicht sah.

Rambert war wieder im Dunkel verschwunden.

14. Kapitel
Weihnachtswünsche

Als Marius später an das Bett seiner Tochter trat, um ihr eine gute Nacht zu wünschen, mußte er feststellen, daß neben ihrer Schulter zwei spitze rotgoldene Ohren unter der Decke hervorschauten. Eine bräunliche Nase gehörte auch dazu und ein Stück rosiger Zunge.

»Also, Bettina ...«

»Ich weiß, das ist nicht hügniänisch, aber Sternchen hat sich ganz gründlich geputzt, bevor sie ins Bett gekommen ist.«

Marius mußte über den treuherzigen Blick seiner Tochter lächeln und war entwaffnet. »Nein, richtig hygienisch ist es nicht. Katzenhaare, Flöhe, Milben ...«

»Sternchen hat keine Flöhe. Sie ist mindestens so sauber wie ein Mensch. Sag mal – ist das denn so wichtig, daß alles hy-gi-änisch ist, was man lieb hat?«

»Schon gut, Mäuschen. Du hast ja recht, ich würde dich ja auch ungewaschen in die Arme nehmen. Was die Frage aufwirft – hast du dir die Zähne geputzt!«

»Aber natürlich!« kam es im Brustton der Überzeugung aus dem Munde der Zahnarzttochter. »Ich will doch nicht, daß sie verfaulen! Aber – muß ich Sternchen auch die Zähne putzen?«

»Nein, ich glaube nicht. So, und jetzt schlaft schön, ihr beiden. Morgen ist Weihnachten!«

»Ach ja, morgen ist Weihnachten!« seufzte Bettina zufrieden und kuschelte sich dichter an Sternchen, die mit einem schläfrigen Schnurren antwortete.

Es war wie immer am Heiligabend. Bettina besuchte mit ihrem Vater die Großeltern, und nach dem opulenten Essen spielte sie auf dem Klavier Weihnachtslieder, zu denen die anderen sangen. Es gab natürlich Geschenke für alle. Bettina hatte ihrem Vater einen Kalender mit Bildern und Gedichten angefertigt. Sie wußte, daß er ihn in seiner Praxis über den Behandlungsstuhl hängen würde, wo alle Patienten ihn sehen mußten. Für die Großeltern hatte sie gebastelt und Handarbeiten gemacht. Sie selbst bekam die Bücher, die sie sich gewünscht hatte, und leider auch so ein paar praktische Sachen wie Nachthemden und Wollmützen. Aber das machte ihr diesmal sehr wenig aus, denn sie hatte ja ihre Katze.

Sternchen war zu Hause geblieben, und als Bettina spät am Abend in ihr Zimmer kam, die Reste der gebratenen Putenbrust und ein Tellerchen Schlagsahne in der Hand, wurde sie freudig begrüßt.

»Leckerchen, extra für dich geklaut!«

»Grrips!« sagte Sternchen. Sie schien zu grinsen und machte sich dann über die kulinarischen Köstlichkeiten her.

Währenddessen saß Bettina nachdenklich am Fenster. Es war ein schönes Weihnachtsfest, gewiß, aber sie war auch ein bißchen traurig, denn alle hatten an ihre Mutter gedacht, auch wenn niemand es deutlich ausgesprochen hatte.

Geistesabwesend kraulte sie Sternchen. Sie hatte noch vier Wünsche frei. Wenn sie sehr gut nachdenken würde, dann könnte sie mit ihnen vielleicht sehr viel Gutes anrichten. Bettina grübelte beinahe die halbe Nacht lang. Stück für Stück kam sie dahinter. Es waren nicht Geschenke, die sie glücklich machen würden. Es war das Glück selbst. Und das hatte viele Facetten. Das Mädchen überlegte weiter, und schließlich kam ihr gegen Mitternacht die Erkenntnis!

Es war ganz einfach – wenn sie glücklich sein wollte, mußte sie sich etwas wünschen, was die anderen glücklich machte. Vater, die Schindlers, Rambert, Alina ...

»Sternchen, ich fürchte, du mußt noch mal arbeiten!«

»Mirrr!«

Freundlich stupste die Katze sie mit ihrem Kopf an den Arm und sprang auf das Fensterbrett, um in die sternenfunkelnde Weihnacht zu schauen.

Sie hatten am Weihnachtsmorgen alle lange geschlafen. Bettina aber übertraf sogar noch die Katze. Ihr Vater mußte sie zum Mittagessen wecken. Sie entschuldigte sich gähnend.

»Macht nichts, Mäuschen. Wir haben ja heute nichts vor. Obwohl ... wir werden uns über etwas unterhalten müssen.«

Bettinas Neugierde war geweckt. Worüber wollte sich ihr Vater mit ihr unterhalten?

Sie erfuhr es, als sie sich über ihr Brötchen hermachte.

»Frau Schindler hat vorhin angerufen. Sie hat von den Nachbarn ihrer Eltern ein großartiges Angebot bekommen. Sie soll dort als Hausdame arbeiten, und das gefällt ihr viel besser als bei uns, da sie sich mehr um ihre kranke Mutter kümmern kann. Ich fürchte, wir werden sie gehen lassen müssen.«

»Ja, aber so schlimm ist das doch nicht. Sie hätte sich hier doch immer über die Katzenhaare aufgeregt.«

»Da ist was dran. Ich hoffe nur, wir finden jemanden, der sich um alles kümmert.«

»Ist das so schwer, eine Putzfrau zu finden?«

»Wahrscheinlich nicht. Aber es sollte sich ja auch jemand um dich kümmern, und das möchte ich nicht einer Putzfrau überlassen.«

»Ich werde zehn, Papa!«

»Ich weiß, aber das Essen sollte schon noch auf dem Tisch stehen, wenn du nach Hause kommst!«

»Also auch eine Köchin!«

»Ach nein, Mäuschen. Am liebsten eine Mutter für dich.«

»Ja«, sagte Bettina leise. Aber dann fing sie sich wieder und fragte: »Du, Yvonne gibt heute eine Weihnachtsparty. Um vier. Darf ich hingehen?«

»Aber natürlich. Ich fahre dich.«

Bettina war daher nicht zu Hause, als Alina mit einem Geschenk für sie an der Tür stand. Doch Marius, der recht gedankenverloren am Kamin gesessen hatte, freute sich über ihren Besuch und bat sie herein.

Yvonnes Eltern brachten Bettina gegen Abend zurück. Sie hatte den Haustürschlüssel mitgenommen, weil ihr Vater gemeint hatte, er würde vielleicht einen Spaziergang machen. Sie schloß auf und zog ihren Mantel aus. Mit einem Lächeln stellte sie fest, daß Alinas Weste ebenfalls in der Garderobe hing. Aber irgendwas war seltsam. Es war so unheimlich still im Haus.

Beklommen schlich sie auf Strümpfen zum Wohnzimmer. Hier stimmte doch etwas nicht, oder?

Bettina öffnete die Tür und blieb abrupt stehen. Nur das Feuer im Kamin erfüllte den Raum mit seinem rotgoldenen Flackern und warf sein flackerndes Licht auf die beiden Menschen, die dort eng umschlungen auf dem Sofa saßen. Vor dem Kamin aber lag Sternchen, und um sie herum schmiegte sich ein schnurrender, schwarzer Samtpelz.

Der Lockenkopf hob sich von Marius' Schulter, und Alina sah seine Tochter schuldbewußt an.

»Oh!« sagte sie, während Bettina langsam in den Raum schritt.

»Schön, daß du da bist, Alina!« sagte sie und stürzte sich in ihre Arme. Marius räusperte sich verlegen und suchte nach irgendwelchen erklärenden Worten, aber Bettina zwinkerte ihm zu.

»Das hatte ich mir eigentlich gewünscht, Papa!«

»So?«

Alina sah das Mädchen nachdenklich an.

»Schön, wenn Wünsche in Erfüllung gehen. Übrigens kam dieser schwarze Kater vor ungefähr einer Stunde hier vorbei und hat vor dem Fenster so eindringlich gemaunzt, daß wir ihn einlassen mußten. Er hat sich sofort zu Sternchen begeben und ihr die Ohren geleckt. Sogar von uns hat er sich streicheln lassen. Hätte ich nie gedacht, daß ein solch unabhängiger Streunerkater so zutraulich wird.«

»Ich glaube, er mag Sternchen«, meinte Bettina und beugte sich zu dem schwarzen Kater herunter, der eine seiner Vorderpfoten über Sternchens Hals gelegt hatte. Er sah sehr zufrieden aus.

Alina lächelte dem Mädchen zu und sagte: »Scheint ganz so. Wie gut, daß eure Haushälterin schon gekündigt hat, nicht wahr? In einem Haushalt mit zwei Katzen wäre sie wohl sehr unglücklich geworden.«

»Ganz bestimmt.«

Bettina war sich ganz sicher, daß Alina genau wußte, warum alles so geschehen war, und sie war ungeheuer froh, daß sie ihr nicht böse darüber war. Aber immerhin hatte sie nur gewünscht, daß ihr Vater und Alina sich gut verstehen mögen. Wie gut, hatte sie in ihrem Wunsch nicht zum Ausdruck gebracht.

Drei Wünsche waren also in Erfüllung gegangen.

Einen letzten Wunsch, den dreizehnten, hat Bettina noch offen.

15. Kapitel
Der dreizehnte Wunsch

Wieder war es Abend geworden. Bettina war in ihr Zimmer gegangen, um sich schlafen zu legen. Sternchen hatte sie begleitet, und Rambert hatte seine Runde durch die Gärten machen wollen. Alina war zum Essen geblieben und saß noch mit Marius vor dem Kamin.

Bettina stand am Fenster und blickte in die helle Nacht hinaus. Ein voller, runder Mond hing über den Baumwipfeln und färbte die Welt silbern. Gefrorener Tau glitzerte auf Ästen, Gräserhalmen und trockenen Blättern. Weißer Rauch stieg aus einem Schornstein auf, und am Himmel blinkten die Sterne. Irgendwo weit entfernt von dieser kalten, silbernen Welt gab es da den Ort der goldenen Steppen, durchzogen von klaren Bächen, warm und sonnig, mit Plätzen zum Ruhen und zum Träumen. Eine friedliche Welt, in der Sternchen einst zu Hause war und wo ihre Familie und ihre Freunde lebten.

Sternchen hockte erwartungsvoll neben Bettina auf der Fensterbank.

»Sternchen«, begann Bettina und mußte ihr Taschentuch zu Hilfe nehmen, weil ihr Tränen über die Wange rollten. »Wir haben noch einen Wunsch übrig.«

»Brrip!« bestätigte die Katze und tupfte mit der Pfote an die Scheibe.

Alina, die sich verabschieden wollte, war ins Zimmer

getreten, ohne daß Bettina sie bemerkte. Das Mädchen hatte die Katze in den Arm genommen und flüsterte mit tränenerstickter Stimme: »Sternchen, ich wünsche mir, daß du nach Hause zurückkehrst. Zu deinen Freunden, deiner Familie und allen, die dich liebhaben. Hol dir einen Stern, der dich auf deine goldenen Steppen zurückbringt!«

Sternchen schaute sie an, ein tiefes Leuchten lag in ihren goldenen Augen. Bettina sah durch ihren Tränenschleier darin das weite Land, ein wogendes Grasmeer voller bunter Blumen, blühender Bäume und moosiger Felsen. Sie sah den weißen Tempel der Eingeweihten und schließlich die majestätische schwarze Katze, die weiseste der Weisen, die einen goldenen Ring in ihrem Ohr und einen silbernen Stern auf ihrer Stirn trug.

Dann verblaßte das Bild, und Sternchen hob die dicke Pfote.

Doch sie tupfte nicht an die Scheibe damit, sondern fuhr Bettina über die nasse Wange. Dann zappelte sie kurz, wand sich aus ihren Armen, stolzierte auf das Bett zu und begann mit großer Ernsthaftigkeit, eine Kuhle in das Kopfkissen zu treten.

Alina kam näher und legte ihren Arm um Bettina. »Das war das Größte, was ein Mensch tun kann. Jene freizugeben, die man liebt. Aber mir scheint, als ob Sternchen sich diesmal kategorisch weigert, deinen Wunsch zu erfüllen.«

Die Katze hatte das Kissen zufriedenstellend in Form gebracht und ruhte nun wie ein rotgoldenes Törtchen darin, die Zungenspitze aber hing nachlässig aus dem Mäulchen heraus.

»Ja!« seufzte Bettina und wischte sich die Tränen weg. »Sie

will bei mir bleiben. Oh, das ist mein schönstes Weihnachtsgeschenk!«

»Ja, und warum sollte sie auch nicht bleiben? Wo könnte sie wohl mehr geliebt werden als hier? Heb dir diesen dreizehnten Wunsch auf, Bettina. In vielen Jahren, wenn Sternchen alt und müde geworden ist, hat sie vielleicht den Wunsch, zurückzukehren. Aber bis dahin wird noch viel, viel Zeit vergehen. Sternschnupper-Katzen pflegen außerordentlich lange zu leben, hat Nana gesagt.«

Ende